어떤 슬픔은 함께할 수 없다
손택수 시집

문학동네시인선 180 손택수

어떤 슬픔은 함께할 수 없다

시인의 말

혼자다 싶을 때
그 많은 잎들 다 어디 가고
혼자 떨고 있나 싶을 때
나무는 본다 비로소
공중으로 뻗어간 뼈를
하늘의 엽맥을

광대무변한
이 잎은 아무도
떼어갈 수 없다

2022년 10월
손택수

차례

2부 우리는 해지는 너른 벌판을 함께 보았다

1부

그 눈빛들이 나의 말이다

귀의 가난

소리 쪽으로 기우는 일이 잦다
감각이 흐릿해지니 마음이 골똘해져서

나이가 들면서 왜 목청이 높아지는가 했더니
어머니 음식맛이 왜 짜지는가 했더니
뭔가 흐려지고 있는 거구나

애초엔 소리였겠으나 내게로 오는 사이
소리가 되지 못한 것들

되묻지 않으려고
상대방의 표정과 눈빛에 집중을 한다
너무 일찍 온 귀의 가난으로
내가 조금은 자상해졌다

머뭇거릴 섭

창문에 빗방울이 지문을 찍는다
두드린 자국 자국 흙알갱이들이 엉킨다

마당귀 보리수나무 잎사귀와 잎사귀가
붙어 있다, 떨어진다
그때 반짝, 일어나는 빛이
박수 소리다

툇마루에 앉아 처마 끝에 맺힌 빗방울을
받아먹던 귀는 어디로 갔나

완주 구이(九耳)에서 '섭(囁)' 자가 왔다
귀가 많고 입이 하나니 더 많이 들으라는 뜻이겠지
더 많이 머뭇거리라는 말씀이시겠지

보리수나무가 몸을 흔든다
뽈똥처럼 맺힌 빗방울이
마당으로 내려선 어깨를
제 이파리인 양 친다

멎은 비 온다 없는 귀를 찾아
오고 또 온다

저녁 숲의 눈동자

하늘보다 먼저 숲이 저문다
숲이 먼저 저물어
어두워오는 하늘을 더 오래 밝게 한다
숲속에 있으면 저녁은
시장한 잎벌레처럼 천창에 숭숭
구멍을 뚫어놓는다
밀생한 잎과 잎 사이에서
모눈종이처럼 빛나는 틈들,
하늘과 숲이 만나 뜨는
저 수만의 눈을 마주하기 위하여
더 깊은 숲속으로 들어간다
저무는 하늘보다 더 깊이 저물어서
공작의 눈처럼 펼쳐지는 밤하늘
내가 어디서 이런 주목을 받았던가
저 숲에 누군가 있다
내 일거수일투족에 반응하는 청설모나 물사슴,
아니 그 누구도 아니라면 어떠리
허공으로 사라진 산딸나무
꽃빛 같은 것이면 어떠리
저물고 저물어 모든 눈들을 마주하는
저녁 숲의 눈동자

한 모금 물방울을 붙들고

아프리카 어느 부족 여인들은 지하수가 흐르는 땅의 나
무 그늘엔 실례를 하지 않는다고 하지 지하수를 감지한 나
무 그늘은 지하수가 없는 땅의 그늘과는 그 빛깔부터가 달
라서, 아무리 급해도 물이 오염되면 쓰나, 멀찌감치 떨어져
일을 본다지

그것 참, 내 눈엔 똑같아 보이는 그늘도 그 농도부터가 다
르다니, 땅의 체질에 따라 저마다 다른 뉘앙스를 갖고 있다
니, 나뭇잎 그늘 한 장에서 수십 미터 지하의 물기를 감지
할 줄 아는 눈을 갖기 위해 초원은 얼마나 바짝 목이 탔을
것인가

나는 생각한다, 한 모금 물방울을 붙들고 푸르게 타올랐
던 시절, 내 안색만 보고도, 눈빛만 보고도, 그 깊은 곳 물소
리를 들을 줄 알았던 한 사람을

연못의 연인

못을 깜박이느라고 숲이 설렌다

속눈썹 떨구듯 떨어지는 잎들이 쌓이고 쌓여 못물을 깊은 동자의 고요 속에 있게 한다

낙엽이 지는가 바람도 없는데 가지와 가지를 건너뛰는 청설모 기척이라도 있는가

쉬지를 않고 일어나는 눈짓은 고요야말로 파문의 주인임을 알게 한다

소금쟁이 발바닥에 간질밥 먹이듯 비가 오는군, 하고 옆을 보는데

무슨 뚱딴지 같은 소리냐 그렇게 뚱, 한 표정이라면

세상에는 연못에만 오는 비가 있다 연못만 알아듣는 빗소리가 있다

외롭고 간지러운 비밀들이 으밀아밀 새어나오기도 하는 것이다

보잘것없는 수심에도 깎아지른 천애의 아득함이 깃드는 못

한 방울의 수심이 품은 하늘에 이르기 위하여

숲에 눈을 두고 산다 나무들이 대신

감았다 뜨는 눈이다

11월의 기린에게

옥탑방의 철제 계단은 여전히 삐걱거리고 있는지, 여쭙
니다
당신은 그 계단이 모딜리아니의 여인
목덜미를 닮았다고 하였지요
그 수척하고 해쓱한 목 끝의 옥탑방은
남하하는 철새들이 바다를 건너기 전
날개를 쉬어갈 수 있도록 일찌감치 불을 끈다고 하였습
니다
싸우기 싫어서 산으로 간 고산족의 후예였을까요
어느 가을은 가지를 다 쳐버린 플라타너스에게
초원의 기린 이야기를 들려주었습니다
혹만 남은 가지 때문만은 아니었어요
일어난 수피가 얼룩을 닮았기 때문만도 아니었어요
저는 기린이 울 줄을 모른다고 하였지만
우리에겐 저마다 다른 울음의 형식이 있었을 뿐입니다
그사이 저는 위장이 늘어나서 갈수록 목도 점점 굵어져
갑니다
반성도 중독성이 되어 덕지덕지 살이 오르고 있습니다
포도의 낙엽들은 이미 마댓자루 속으로 들어갈 채비를 마
치고,
거리마다 등뼈 으스러지는 소리로 탄식하던
몰락의 노래도 더는 들리지 않습니다
그사이 지상은 낙엽의 소유권과 실용성을 발견했습니다

낙엽도 쓸모없이 배회할 틈을 잃고 말았습니다

기린이 사는 초원엔 벼락이 드물다고 했던 게 당신이었
던가요

녹슨 철제 계단 밟는 소리가 낙엽 부서지는 소리 같던 거기

치켜올린 목이 사다리로 굳어진 옥탑방, 여쭙니다

철새와 함께 잠을 청하던 가을의 안부를

물방울 하나가 길디긴 물관부를 유성처럼 흘러가던 밤을

푸른 말

말이 왔습니다 새벽 안개를 푹푹 코로 불면서요
갈기처럼 흩날리면서요

말과 사귄 적이 없는 저는 더 가까워지면 안 되는데, 안
되는데
뒤로 물러섰습니다

한 발 물러서면 또각 한 발 다가서고
또 한 발 물러서면 또각 또 한 발 다가서는 것이,
저로서는 살짝 긴장이 되었습니다

검푸른 못 같은 그 큰 눈에 들어간 내가 또렷해질 때쯤
어느 순간 말이 그 긴 목으로 제 허리를 휘감아버렸습니다

오래전 가늘고 긴 그 팔처럼,
내 허리가 기억하고 있는 팔찌처럼

깜박이는 그 눈썹과 내 눈썹이 부딪치면서 생긴 파문을
따라
어디로든 흘러갈 수 있을 것만 같았을 때

제가 제게 겹쳐졌던 순간이 바로 그때가 아니었나 합니다

먼 집

당신이 가신 뒤의 일입니다
마당귀의 감나무가 그늘을 당겼다 푸는 게 보입니다
고무신 끄는 소리, 기침소리
쌀뜨물처럼 받아먹고 자란 나무겠지요
병원이 아니라 집에서 눈을 감게 해달라
처음으로 청이란 걸 하셨는데,
저는 외손에 지나지 않는군요
혼자서 해바라기를 하던
툇마루에 우두커니 앉아 있으면
마당을 지나가는 구름이며 바람이며가
말년의 이웃들이었음을 알겠습니다
가까운 데는 흐릿해서 못 보고
먼 곳을 더 자주 드나드시던 분
그 이웃들을 유산으로 물려주고 싶었던지요
키우던 개가 마지막 숨을 놓을 때 바라보던 그곳
감기는 눈동자에 어린 구름은 어디쯤을 흘러가고 있을지,
먼 데를 보는 눈으로 구석구석 소제를 하시던 당신처럼
외손인 제게도 유품이 생겼습니다
저를 업고 걸레질을 하시던 툇마루가 생겼습니다
가도 가도 바깥인 집
당신이 가신 뒤의 일입니다
감나무 잎그늘 수런거리는 소리도
누군가의 숨결만 같은 하루

바닷가 수도원

거울 속으로 삐딱하게 바다가 기울어 있습니다
통통배가 떨어트리고 간 해녀들 숨비소리에 동백 잎사귀
가 쫑긋거립니다
산 너머에서 흑염소를 몰고 곧 저녁이 올 것입니다
저녁은 쇠방울소리가 납니다
방울이 쇠에 부딪히는 소리를 따라 별이 뜨겠지요
가을볕도 피정에 들 시간
명절 앞날 고향에 가지 못하는 사연들이 저만 있으려구요
바다라도 건너듯이 아니 연륙교 다리라도 걸어내듯이
수도원에선 저도 섬이 될 수 있을지 여쭈럽니다
파도 소리에 잠이 오지 않는 몇 날도 지나고
파도 소리 없인 잠 못 드는 몇 날도 지나고
어느 순간은 파도 따라 숨을 쉴 수 있을는지요
수도원 아래 파도가 구불거린 흔적이 모래밭에 가득합니다
어머니의 낡은 빨래판 같습니다 어머니
문지른 빨래판 주름이 남아 있는 옷을 저는 참 부끄러워
했는데요
천 날을 문지른 그리움 탈탈 털어 수평선 위에 널어보겠
습니다
어머니는 오늘도 행상을 다니며 저를 생각하고 있겠지요
독거의 밤 누가 오지 않을까 현관 등을 끄지 못하고 있겠
지요
여위는 나뭇가지들이 손금처럼 하늘로 뻗어갑니다

별자리가 흐르는 손금 위로 한 등 두 등 집어등이 켜집
니다
창마다 동백등도 켜지고, 이 밤 저는
바닥도 없는 깊이를 향해 떨어져내리는 나뭇잎 하나를 생
각합니다
떨어지는 나뭇잎 따라 흔들리는 나무의 자세가 제 기도
가 될 수 있기를
나무가 수평선과 만나 이룬 구도가 십자성호가 될 수 있
기를
수사들이 오르내리는 계단 위에 밤이 앉아 있습니다
이 밤을 위해 제가 켜 드는 등은 오직 침묵뿐인가 합니다
모래들 등을 부비는 소리에도 눈이 떠지는 침묵뿐인가 합
니다

김형영 스테파노의 초

고백하자면, 나도 유치장 신세를 진 적이 있다
얼결에 떠맡은 회사의 주주들에게 고발당해
마포경찰서에서 조사를 받기도 했다
밤마다 뱀이 목을 졸라대는 악몽의 시간들
그때 기꺼이 대부가 되어준 스테파노를 만났다
영세식 날 받은 초 한 자루가 다할 때 나의 삶도 끝나는
거라고,
사물 하나에도 그리 생명을 불어넣으며 기도를 해보라고
스테파노는 엄지와 검지에 침을 묻혔다
입으로 불어 끄지 않고 굳이 심지에 체액을 묻혔다
영세를 받고 냉담자로 지낸 몇 해
기도도 미사도 습관이고 중독만 같아서,
차라리 죄를 짓고 괴로워하는 일이 더 나다운 것만 같아서
처음 길이로부터 큰 차이 없이 장수를 하고 있는 초
한 뼘가웃 한 그 길이대로라면 아직 살날이 많이 남았는데
어쩌다 용기를 낸 날이면
식은땀을 흘리며 겁먹은 내 낯짝이 보인다
기껏 한 자루 초에 지나지 않는 것이,
겨우 제 품이나 밝히는 가난한 빛의 평수가
심지에 묻은 스테파노의 말 앞으로 나를 데려간다
전화를 드리면 들려오던 아베마리아
꺼질 듯이 타오르는 저 심장박동으로부터 나는 얼마나
멀어져버린 것인지, 혀가 뚝뚝 불땀을 흘린다

창밖으로 밀어낸 어둠을 바짝 당겨 살아나는 초 ―

―

광화문 네거리에서

프란치스코 교황의 시복미사 집전이 있던 날이었지
한국일보 특집 칼럼을 쓰기 위해 나간 그날
광화문 제단 너머 경복궁 고궁박물관엔
바티칸에서 날아온 〈천국의 문〉*이 전시되고 있었지
용산에서 망루에 오른 사람들이
화형을 당하고 있었을 때
세월호 침몰을 실시간으로 시청하고 있었을 때
뻘딩과 뻘딩 사이를 뱅글뱅글
그 어디에서 나는 밥벌이를 했지
그 어느 해인가는 명동까지 가서 세례를 받았지
불의 회오리와 배를 삼킨 소용돌이 속에서
고해성사 끝에 발을 뻗고 안식에 들던 날들
왜 이 고통의 느낌마저 가공된 것만 같은 것인지,
재주라곤 슬퍼하는 능력밖에 없건만
이 슬픔마저 왜 모조품 같은 것인지
그날 기념사진 액자를 벽에 걸었지
드라이버 끝에 십자형 나사
꾸욱 꾹 당겨진 근육이 골을 따라 회전할 때마다
쇳가루 눈물이 흘러나오던 나사렛
광화문 제단 너머 천국의 문까지

* 조각가 로렌초 기베르티가 피렌체의 산조반니세례당 동쪽 입구
에 제작한 청동문.

바다 무덤

뱃속에 있던 아기의 심장이 멎었다 휴일이라 병원 문이 열리길 기다리는 동안 식은 몸으로 이틀을 더 머물다 떠나는 아기를 위해 여자는 혼자서 자장가를 불렀다

태명이 풀별이었지 작명가는 되지 말았어야 했는데, 무덤으로 바뀐 배를 안고 신호가 끊어진 우주선 하나가 유영하는 우주 공간을 허우적거린 이틀

그후 여자는 어란을 먹지 않았다 생선의 눈을 마주하는 것도 버거워서 어물전 근처는 얼씬도 않던 여자, 세월호 뉴스 앞에 며칠째 넋을 놓고 있던 여자

한동안 가지 않던 바다에 간다 상처라는 게 흔적이 남아야 치료도 되지 둘 사이의 금기였던 아이들 이야기를 나눈다

버리지 못한 초음파 사진 속 웅크린 태아처럼, 부푼 배를 끌어안고 자장자장 들려줄 수 없는 노래가 흘러나오는 바다

지붕 위의 바위

바위를 품에 안고 지붕을 오르는 사람이 있다
해풍에 보채는 슬레이트 지붕을 묵직히
눌러놓으려는 것이다

나도 여울을 건너는 아비의 등에 업혀 있던 바위였다
세상을 버리고 싶을 때마다 당신은 나를
업어보곤 하였단다

노을이 질 무렵이면 혼자서 지붕 위로 올라갔다
그때 나는 새였다 새를 쫓는 고양이였다
지붕을 징검돌 짚듯 뛰어 항구를
돌아다니던 날도 있었다

수평선 너머 물고기들도 들썩이는 지붕 날아가지 않게
바다 위에 꾹 눌러놓은 섬들, 언젠가 나는
그 섬들을 짚고 바다를 훌쩍 건너가고 싶었는데

지붕에 우두커니 앉아 있던 내가 아직 내려오질 않는다
돌아오지 않은 누군가를 기다리고 있다

모래인간

초등학교 일학년 나의 첫 미술 수업은 모래인간 그리기
4B연필로 윤곽선을 그리고 선 따라 풀칠을 한 뒤
풀이 마르기 전 얼른 모래를 뿌리면
모래인간이 태어나는 것이었다
풀기가 다한 모래알이 떨어져서 서걱이는 소리가 들려오면
울음소리인가 하고 새 풀을 발라주었다
고향 마을 떠나 도회로 올 때도 응당
책가방 속에 담겨 따라온 모래인간
어머니는 유산한 사내아이를 평생 잊지 못했는데
세상에서 만나지 못한 동생이라도 생긴 듯이
보살피던 그를 잃어버린 것이 언제였을까
먼 훗날 티베트의 모래 만다라 이야기를 들었다
만다라가 완성되면 스님들은 애써 공들인 색색의 그림을
바람에 흩어 지워버린다고 했다
그림 너머의 세계를 잊지 않기 위해서
시원하게 무너지는 모래의 해방감을 잊지 않기 위해서
지우는 일로 만다라의 완성에 이른다는 것이었다
까맣게 잊고 지낸 모래인간을 다시 만나게 된 건
유골 가루를 흙에 버무려 풍장을 하였을 때다
그때 내 몸에서도 모래 떨어져나가는 소리가 났다
오래전 함께 서걱이며 놀던 모래인간은 한 번도
나를 떠난 적이 없었던 것이다

나무의 장례

나무를 베고 나면 몸통에 남은 가지들을 다 치지 않는다
몸통에서 멀리 떨어진 가지들은
나무가 아직 베여 넘어진 줄 모르고 있거나,
쓰러진 줄 알고 있으면서도
시침을 떼고 평소처럼 태평하게
수액을 빨아올린다
무덤 속에서도 자란다는 머리카락,
손톱 같다
뒤늦게 사정을 안 가지들은 목마름을 견디며
몸 구석구석을 쥐어짜
천천히 말라비틀어져간다
삼우제도 사십구재도 다 끝난 뒤
현관 빗에 남아 있는 흰 머리칼을 발견한
거울 속의 얼굴처럼

이것이 나무를 말리는 방법이다
쳐내고 쳐낸 뒤 남겨둔 가지 하나,
내게서 가장 멀리 뻗어 있는 당신

수목장

세상 잘난 척은 혼자서 다 하고 돌아다니다가
기일이 오면 나무에게 무릎을 꿇는다
비석 대신 정좌한 돌멩이들에게 머리를 숙인다
허리를 숙인 풀잎들과 맞절을 한다
아가, 그 맘 잊지 말거라
설날 아침 절을 가르치시던 당신,
마지막 가르침도 절이다

釜山

산과 산 사이에 수평선을 걸어놓았다
솥에 바닷물을 퍼 담아 소금을 굽고 있는 것이다

범일동 부둣가 문현동 지게골을 떠돌았다는 이중섭의 흰
소인가 한다 수평선만한 거구와 파도치는 근육들이 들어가
끓고 있는 흰빛, 피골이 상접해서 깨끗이 타오른 뒤 타일 바
닥 딛고 뚜두둑 뼈만 남은 것이 아닌가 한다 한여름이면 아
비의 이마에 맺혀 서걱이며 돌아오던 저녁 별도 있다 골다
공 숭숭 바다를 품던 골판지 집

짜디짜다
몸이 염전이었으니
짜고 짜, 한번 더 쥐어짜 끓는
은지화의 바다다

서해까지 밀리는 방(房)
―호석에게

한강 위로 등이 떠오른다

김포까지 갔다가 내친김에 강화까지 가서
전셋집 보고 도강중이다

강화 끝은 교동, 그 끝은 철책 너머 바다,
바다 끝은 하늘이다

구름이나 노을에 몇 평 방을 구할까
노를 저어 노를 저어 노을에 구들을 얹어볼까

서해 바다 속엔 한 오만 평 땅이 있다더라
풀등이라던가

한평생 서걱거리는 등짝 위에 짐짝을 얹고 떠돈
아비의 유택 필지를 팔아 신접 지붕을 얹었다고 했지

그 등에서도 모래가 쏠리는지
손이 닿지 않는 거기, 가려운
서쪽 바다 끝

흰 바위산의 약속

산정은 끝이니까
더는 외면할 수 없으니까

겨울 어느 날 백운대 침봉에서
오래전에 헤어진 후배를 만난 뒤의 일이다
기억에도 없는 무슨 일로 싸우고 돌아섰던지,
누가 먼저랄 것도 없이 손을 잡고
한참을 얼어붙어 있던
산정

어쩌면 더는 만날 수 없는 누군가를 기다리기 위해
송추에서 구파발에서 수유리에서
주말마다 모여드는
끝

비켜설 수 없다 산정에선
혹시나 아는 누가 내가 아닐까
기다리던 누가 내가 아닐까
오르고 또 오르게 된다

늘 빈자리로만 남겨놓는 그곳이
필생의 약속만 같아서

밥물 눈금

밥물 눈금을 찾지 못해 질거나 된 밥을 먹는 날들이 있
더니
이제는 그도 좀 익숙해져서 손마디나 손등,
손가락 주름을 눈금으로 쓸 줄도 알게 되었다
촘촘한 손등 주름 따라 밥맛을 조금씩 달리해본다
손등 중앙까지 올라온 수위를 중지의 마디를 따라 오르
내리다보면
물꼬를 트기도 하고 막기도 하면서
논에 물을 보러 가던 할아버지 생각도 나고,
저녁때가 되면 한 끼라도 아껴보자
친구 집에 마실을 가던 소년의 저녁도 떠오른다
한 그릇으로 두 그릇 세 그릇이 되어라 밥국을 끓이던 문
현동
가난한 지붕들이 내 손가락 마디에는 있다
일찍 철이 들어서 슬픈 귓속으로
봉지쌀 탈탈 터는 소리라도 들려올 듯,
얼굴보다 먼저 늙은 손이긴 해도
전기밥솥에는 없는 눈금을 내 손은 가졌다

먼지의 이사

도로변에 살면서 지긋하게는 끌어안고 산 먼지다
한밤에도 목에 먼지가 걸려 쿨럭거리며 깨어나야 했다
어느 아침은 눈썹에 매달린 먼지가 천근만근이었지
부스스 일어나면 바닥에 떨어진 머리카락이
빗자루처럼 먼지를 묻혀놓고 있었다
내가 기상한 것인지,
먼지가 깨어 기상한 것인지 모르겠는 나날들
벼르고 벼르던 이삿짐 보따리를 싸는데 전화가 왔다
이삿짐 보따리에 먼지 한 움큼 들고 가는 걸 잊지 말라고
왜 어항 물 갈 때도 금붕어 놀던 물에 새 물을 섞어주질
않더냐
분갈이할 때도 뿌리가 쥐고 있는 흙은 털어내질 않는다고
먼지가 무슨 씨간장이라도 된다는 듯이
새 주인을 위해 또 한 뭉치쯤은 남겨놓고 오란다
결례가 아닐까요 말끔히 치워줘야 할 것 같은데
아니라, 무덤 속에 수저도 넣고 쌀도 넣고
옷가지도 주섬주섬 챙겨주듯이
떠나는 마음 영 서운치 않게,
새집은 새집대로 마냥 설지만은 않게
그래야 복이 들어온다고, 잊지 말라고
오늘은 전화기 너머 미신까지 포장이사를 한다

죽음이 준 말

조문을 가서 유족과 인사를 나눌 때면 늘 말문이 막힌다

죽음을 기다리는 병실에 병문안을 갈 때도
입이 떨어지질 않는다

얼마나 상심이 크십니까
쾌유를 빕니다
이런 유창한 관용구는 뭔가 거짓만 같은데
그럴 때 꼭 필요한 말이기도 하다

내게 구박만 받던 관용구는 늙은 아비처럼 나를 안아준다
언제 밥 한번 먹자는 말처럼, 지키지 못할 약속이라도 좋
으니
내 것이 아닌 말이라도 좀 흘러나왔으면 싶을 때

어찌할 바를 모르겠는, 말이 그치는 그때,
어둠 속 벽을 떠듬거리듯 나는 말의
스위치를 더듬는다

그럴 때 만난 눈빛들은 잘 잊히질 않는다
그 눈빛들이 나의 말이다

거시기,

이름은 퍼뜩 떠오르지 않는데
실팍한 무엇인가 머리를 스칠 때
그것으로 말하자면,
그것으로 잊히고 말까봐
살짝 흐리는 말
그것으로 가두는 법 없이
곰곰 따져보는 말
엉성한 싸리울 탱자울 같은 것인가
투박한 입술 휘휘 휘파람 부는
돌담 같은 것인가
흐릿하긴 하나 외려 흐릿해서
묵은 사진첩 꺼내듯 펼쳐보고
생각나지 않는 얼굴들 찬찬히 들여다보고
그때 그런 일이 있었지
그러다 문득 번개처럼 스치는 이름
막상 떠올랐을 땐 환희와 동시에 왠지
김이 빠지면서, 너무 허탈하지는 않도록
애써 두루뭉술해지는 말
그것으로 말하자면, 그것으로
사라진 것들이 자꾸
명치에 걸려 따라 해보는 말

이력서에 쓴 시

생년월일 사이엔 할머니의 태몽이 없고
첫 손주를 맞은 소식을 고하기 위해
소를 끌고 들판에 나가셨다는 할아버지의 봄날 아침이
없고
광주고속 거북이 등을 타고 와서 여기가 용궁인가
동천 옆 고속터미널에 앉아 있던 소년의 향수병이 없고
길바닥보단 지붕을 좋아해서
못을 징검돌처럼 밟고 슬레이트 지붕을 뛰어다니던
도둑괭이 문제아가 없고
가난하고 겁 많은 눈망울을 숨기기 위해
아무데서나 이를 드러내던 청춘이 없고
남포동 통기타 음악실 무아에서 허구한 날
죽치고 앉아 있던 너를 그냥 보내고 시작된
서른 몇 해 동안의 기다림이 없고
신춘문예 응모하러 가던 겨울 아침
그게 무슨 입사지원서나 되는 줄 알고
향을 피우고 계시던 어머니가 없고
참 신기하지 재가 되었는데 무너지지도 않고
창을 비집고 든 바람 앞에서 우뚝하던 향냄새가 없고
늦깎이 근로 장학생으로 대학에서 수위를 보던 그때
일하면서 공부하느라 고생이 많다고, 힘내라고
밥을 사준 이름도 모를 그 행정실 직원이 없고
이후로 나를 지켜준 그 밥심이 없고

— 이력서엔 영영 옮겨올 수 없는 것들이 있어
구겨진 이력서에 나는 시를 쓰고 있네

—

2부

우리는 해지는 너른 벌판을 함께 보았다

모과의 방

향이 나지 않아 속이 썩은 것 같다고 해서 얻어온 모과
제 방에 들어오니 향이 살아납니다
향이 없었던 게 아니라 방이 너무 컸던 거예요
애옥살이 제 방에 오니 모과가 방만큼 커졌어요
방을 모과로 바꾸었어요
여기 잠시만 앉았다 가세요 혹시 알아요
누가 당신을 바짝 당겨 앉기라도 할지,
이게 무슨 향인가 하고요
그때 잠시 모과가 되는 거죠
살갗 위에 묻은 끈적한 진액이
당신을 붙들지도 몰라요
이런, 저도 어쩔 수 없는 고독의 즙이랍니다
오세요, 누릴 수 있는 평수가 몇 발짝 되진 못해도
죽은 향이 살아나라 웅크린 방

권정생의 집

손님이 오면 마주볼 수가 없다

할 수 없이 외면하고 나란히
창 쪽을 향한 채
도란거렸다

이 집에서의 대화법은 그러니까 외면,
창문 너머 산과 들판을 서로의 눈동자처럼 바라보는 것

기척이 드문 마을 끝 곳집 옆
마주앉으면 이마가 딱 닿을 듯한 방

우리는 해지는 너른 벌판을 함께 보았다

ㅁ자 마당에 물 발자국

집이
ㅁ
자라
문 닫으면
하늘로만 트인다
섬돌 틈 민들레가 시드니
이 신호를 시곗바늘로
저녁이 얼마나 가까워졌나
헤아려본다
눈과 귀와 입을 닫으니
벽이 근질근질
각질이 앉은 벽에
눈과 귀와 입이 새로 돋는다
저녁에는 참새가 잠시 앉았다 가고
세멘 바닥에 발자국이 생겼다
못이라도 딛고 왔는지
흙 묻은 발이라도 씻고 왔는지
물 발자국이 생겼다
발자국이 하늘로 올라가는 새처럼
희미해진다 찬찬히
지워져서 더는 보이질 않는,
밤이 깊으면
마당이 곧장

하늘과
통하는
口

세잔의 방

　식탁에 올려놓은 화병의 안개꽃빛이 꽃을 넘어 어둑한 실
내의 공기 속으로 스며들자 찬장에 엎어놓은 스테인리스 밥
그릇에 막 뿜어져나오는 입김 같은 안개가 서린다 표가 나
지 않는 그 미미한 동작을 돕기 위해 부엌 창문으로 들어온
볕과 바람이 섞이고 있다 꽃빛에 들뜬 공기들이 반죽에 흘
린 밀가루 분말처럼 떠올라 흩어질 때 이 가옥의 오래된 벽
지들은 그 순간을 놓치지 않고 알 수 없는 무늬와 색감으로
깊어가는 것이리라 하늘거리는 커튼 자락이라거나 내가 알
수 없는 무슨 소린가를 감지하고 떠는 그림자들의 반응을
따라 꽃은 끝없이 어떤 감정을 실내로 흘려보낸다 가만히
피어 있는 상태로 변화랄 것도 없는 변화에 자신을 내어주
며 실내를 자신의 의지로 조금씩 흔들고 있는 꽃

반 고흐 생각

야외에서 그림을 그리다보면 나뭇가지에 그림이 꼭 상처를 입는다고 했던 반 고흐 생각, 어디 나무뿐이었을까 바람이며 빗방울이며 흘러가는 구름이며 참견하는 빛의 기울기며를 화폭 깊숙이 끌어안고 후끈거렸을 그

생레미에서 만난 올리브나무 그림에선 메뚜기의 날개가 발견되었다고 한다 머리도 몸통도 다 지워지고 폭풍처럼 스치는 붓질에 납작 눌러붙은 날개, 날개는 순식간의 화산 폭발로 용암을 타고 흐르는 붓끝에서 화석이 되고 만 것이나 아닐까 물감 딱지 굳어버린 화폭 전체가 막 생성중인 환부로 끝없이 되돌아, 되돌아가고 있는 것이나 아닐까

책장에 베인 손에 소독약을 바른다 소독약 붓도 붓은 붓이라고 유화처럼 두껍게 앉은 딱지를 씻다가 문득, 내 안의 지층과 지층 사이에도 환풍구 팬처럼 컥컥거리며 회전하는 날갯짓 같은 것이 있을까도 싶어서

지베르니

쓸모없이 서 있는 공유지의 나무를 환금화해서 시민들을
위해 쓰면 얼마나 좋을까 참으로 실용적이고 정치적으로 올
바른 시장님의 뜻에 감히 반대 의사를 표한 게 화가 모네였
지 그는 즉각 법원에 경매 연기를 신청하고 나무들을 그릴
시간만이라도 벌어보려 목재업자들로부터 포플러나무들을
사들여버렸지 내친김에 또 빚을 내어 작은 보트까지 강에
띄웠지 그 이름은 '보트 아틀리에', 강에서 본 나무들은 강
을 닮아 강의 구도로 출렁이고 있지 강굽이만큼이나 다른
저마다의 나무들 연작에 미처 들어오지 못한 비경은 얼마나
많을까 그린다는 건 절망한다는 거, 절망 가운데 절경을 찾
아가는 거, 하지만 그들의 사랑은 거기까지였지 연작이 끝
나자 빈털터리가 된 화가는 나무를 되팔 수밖에 없었으니까

　다시는 만나지 못할 연인들의 마지막처럼 뜨겁고도 슬픈
구도로 빛나는 강둑
　지베르니— 실은 세상 어디에나 있는 도시 이야기지
　어디에나 있는 것만은 아닌 도시 이야기지
　그러니 모두의 지베르니를 향해 경배를,

기분과 기후

감나무가 쥘부채다
접었다 편 그늘
놀리는 게 아까워서
먹그늘 안,
나뭇잎 흔들리니
공으로 누리는 바람이 있구나
세금 내지 않고 찻값 내지 않고
쐬는 바람 참 오랜만이다
그늘 밖과 안의 체감온도가 달라서
나는 지금 기상을 바꾸고 있는 중인가 한다
가는 곳마다 체감온도는 오월이라
한겨울에 반팔과 패딩만 입고 나온 여자
앞에서 겹겹 껴입은 옷으로 쩐빵처럼 부푼
계급의 비애를 떨쳐내고 있는가 한다
생각하니 살갗에 맺혔다
사라지는 땀도 구름의 일
파초선 옥황상제도
이 재미는 모를 거야
그늘에 발을 담그고
탁족을 하기 시작했다

의자 위에 두고 온 오후

호수공원 의자에 앉아 해바라기를 하고 있자니 누가 옆
에 와서 앉는다
나의 영토를 침범당했다는 느낌, 의자를 전세 낸 처지도
아닌데
그럼 쓰나, 불쾌함이 전달되지 않도록
휴대폰을 보는 척 슬그머니 일어선다

내가 모이를 쪼는 비둘기에게 가까이 갔을 때의 느낌이
이런 것이었겠다
오수를 즐기는 길고양이를 쓰다듬으러 다가갔을 때
당혹스러워하던 눈동자도 이해할 만하다

그런 장소들이 있다
그의 몸과 분리할 수 없어서
거기에 있는 볕과 바람과 나무 들과
흔들리는 그림자마저
그의 몸만 같아서
부러 이만치 거리를 두고
호젓이 있게 하고 싶은 곳들

떠나온 자리가 두고 온 몸 같아 멀찌감치서 돌아다본다
의자 위에 두고 온 볕이
나를 기다리며

앉아 있다   —

—

풀잎으로 별을 당긴다

텃밭에서 살찐 두꺼비가 나온다 수박꽃에 앉은 나비를 잡
겠다고 매복한 개구리들이 뛴다

풀은 뽑혀도 땅속에 뿌리 하나는 남겨놓고 뽑힌다 영민
해서 뽑히는 순간에도 지뢰 파편처럼 터져 씨앗을 사방으
로 퍼뜨린다

바랭이쇠비름참비름땅빈대환삼덩굴 그냥 내버려두는 게
상책인데, 뱀 나오겠다, 게으름을 마냥 선전할 수는 없고,

저놈의 풀들이 날 일소처럼 부려먹고 있는 거지 뽑히는
척, 실은 나를 뽑아 지쳐 나가떨어지게 하는 거지

왕년의 이만기나 강호동처럼 손등 위의 힘줄 따라 불거진
엽맥을 쥐고 들었다 놓는 행성

오매 징허디 징허구먼, 나도 몰래 잃어버린 탯말이 새어
나온다

그런 날은 뽑힌 기억을 잊고 안도의 잠이 온다 뚜두둑 끊
어질 때 묻어놓고 온 실뿌리처럼

비단길

잠에 관한 한 누에는 게으름뱅이가 아니다
그의 잠은 골똘하다
하늘에 꼿꼿이 머리를 들고
집중한다
실을 바늘에 꿰듯,
붐비는 빛들을
한 점에 끌어모아
먹지를 태우는 돋보기의
초점,
이글거리는
고요
속에서
비단
실을 뽑는다
오
하늘을 베개로 삼은 자의 잠이
바위를 뚫고
산맥을 뚫고
사막을 횡단하였다

대나무

대나무는 자신의 가장 외곽에 있다
끝이다 싶은 곳에서 끝을 끄을고
한 마디를 더 뽑아올리는 게
대나무다
끝은
대나무의 생장점
그는 뱀처럼 허물을 벗으며
새 몸을 얻는다
뱀의 혀처럼 갈라지고 갈라져서
새잎을 뽑아낸다
만약 생장이 다하였다면 거기에 마디가 있을 것이다
마디는 최종점이자 시작점,
공중을 차지하기 위해 그는
마디와 마디 사이를 비워놓는다
그 사이에 꽉 찬 공란을 젖처럼 빨며 뻗어간다
풀인가 나무인가 알다가도 모르겠다
자신이 자신의 첨단이 된 자들을 보라

단도

라이터돌이라도 굴리나
돌아가는 여울 위로 팟,
은빛이 튄다
유속이 돌을 만나 더
빨라지는 지점, 꼿꼿하게
역류하던 피라미들이
슬라이딩한다 요령껏
이내 쓰러진 몸을 다시
일으켜세우는 단도
직입은
직입이어도 유연한
지느러미로
민다 날을,
나날들을
숫돌에 녹을 털듯
살아나는 은빛

녹색평론

나무의 중심은 죽음이다
바깥쪽에서 안쪽으로 밀려난
세포들이 단단한 심재부를 이루어
우뚝해지는 것이 나무,
지구의 핵과 같다
생을 다한 중심으로부터 나이테의
파문이 일어난다
신의 지문처럼 찍힌 그 깊이를 누가
측정할 수 있을 것인가
16세기 프로방스의 농민들은
죽을 때가 되면 밭에 구덩이를 판 다음
그 속에 들어가 단식을 하며 조용히
죽음을 기다렸다*
밭 한가운데 씨앗을 묻듯
해마다 죽고 죽어 나무는
하늘로 뻗어간다

* 2020년 6월 25일 별세하신 김종철 선생의 유작, 「'인명재천'이라
는 생사관」(『녹색평론』, 2020년 7~8월호)에서.

함평

　게를 딴다

　뻘 위로 새까맣게 몰려오는 게들, 갈대를 기어올라 갈대 허
리 낭창낭창 휘어뜨리면 갯벌에 허리를 숙이거나 웅크려 앉
는 수고 없이 기립한 자세 그대로 또옥 똑 바구니를 채운다

　게를 딴다는
　감각을
　처음 마주한다

　갈대처럼 나도 술상 맞은편을 향해 술깃하게 휘어졌을 것
이다 어미 따라온 꼬마들도 장하게 양식 장만을 하였다는
달밤처럼 휘둥그레졌을 것이다

　염병헐 그거이 다
　영산강 하구언이 생기기
　전이었다는 말이제

　비문이 된 문장이 나를 비문으로 만든다 갈대를 타고 하늘
로 오르는 달밤의 게들 향수병을 앓게 한다

　내 고향도 아닌데 그립고 서러워져서, 오래전 한 번쯤은
함평 사람이었던 것처럼

피아노와 폭격기
─매향리

피난 와서 뭐 먹고살 게 있어야지, 어른이고 아이고 없이
조를 짜서 탄피를 운석처럼 찾아다녔지 그때는 사격 훈련
소리가 피아노 소리였어 밀물 썰물 소리보다 그 소리가 더
고마워서 폭격에 섬이 망가지는 줄도 몰랐다니까 글쎄, 놀
란 닭들이 한데 뭉치면 압사를 당하지 소들은 젖이 퉁퉁 불
었는데도 젖이 나오질 않지 툭하면 싸움박질에 인심은 갈
수록 야박해지지 이유 없이 자살을 하는 사람들까지, 그래
도 그 소리가 마냥 고맙기만 했다니까 얼마나 무서운 일이
야 그게, 사격 훈련 구경 나왔다가 탄피 떨어지는 곳으로 달
려가던 사람들을 야구선수라고 부르기도 했어 야구선수들
이 마이볼 마이볼 공을 향해 달려가듯이 자전거를 타고 오
토바이를 타고 갯벌을 질주했지 그러다가 죽은 사람이 어디
한둘이었겠나 사람이라는 게 그래 극한에 몰리면 감각이 착
란을 일으켜 그 무서운 폭격기들은 더는 오지 않지만 군공
항 이전이다 뭐다 지금도 바닷소리 대신 교회당 종소리 대
신 피아노 폭격음이 들려온다는 매향리

광기는 어떻게 세계에 복무하는가

역전에 가면 볼 수 있던 광인들이 아직 시골 역사엔 있다
도시에선 광인들이 노숙자로 통일되어
알아보기가 힘들어졌다
주말마다 강의를 하러 내려가서
율포행 버스를 기다릴 때면
안전제일 야광 조끼를 걸치고 삐뽀삐뽀
역광장을 질주하는 사내를 만나곤 하였다
한번은 내게도 쭈뼛이 다가와
용돈을 달라 천진하게 손을 내밀던 그
눈에서 얼핏 율포 바다 윤슬 같은 것을 보았던 것이나 아
닐까
한 해 전 합천 읍내에 시 낭송 초청받아 내려갔을 때
연예인이라도 만난 듯 사진을 찍고 사인을 받고
야유가 아닌가 싶게 요란하게 휘파람까지 불던 청년
행사 마치고 노모까지 모시고 나와서
자랑스럽게 기념촬영을 하던 사람
마음이 아픈 아니 이해하이소, 주최측에서도 못마땅해하
였으나
어느 행사장에서도 나는 그런 환대를 받아본 적이 없었다
대한다원 차밭으로 가는 버스를 기다리는 관광객들 사이
광화문 시위 현장에서 물대포에 쓰러진 농민
백남기씨를 살려내라는 현수막이 오랫동안 걸려 있던 보
성역 광장

어떤 슬픔은 함께할 수 없다

아파트를 원하는 사람은 위험인물은 아니다
더 좋은 노동조건을 위해 쟁의를 하는 사람도 결국은
노동으로부터 완전히 자유로운 것은 아니다
그들은 적어도 자신이 속한 세계 자체를 부정하지는 않
는다

하루종일 구름이나 보고 할일 없이 떠도는 그를
더는 참을 수 없었던 이유는 무엇일까
어떻게 소유의 욕망 없이도 저리 똑똑하게
존재할 수 있단 말인가

혼자서 중얼거리는 사람, 혼자서 중얼거리는
행인들로 가득찬 지하철역에서도
그의 중얼거림만은 단박에 눈에 띄었다
허공을 향해 중얼중얼 말풍선을 불듯
심리 상담과 힐링과 명상이
네온 간판으로 휘황하게 점멸하는 거리

어떤 슬픔은 도무지 함께할 수 없는 것이다
혼자서 중얼거리는 사람이 사라지자 혼자서
중얼거리는 사람들로 거리가 가득찼다

난민의 말

나는 나의 나라로 망명했지
덕분에 나의 모국어는 외국어가 되었지
외국어보다 더 낯선
나의 말은 차라리 아이의 말
힘없는 말, 힘이 없어도 아이는
당당한 나라이긴 하지
손짓 발짓 눈짓이 다 말인
저만의 문법을 갖고 있긴 하지
상륙중인 보트를 바다 한가운데로 밀어내고
평화와 인권을 이야기할 때,
제주에 온 난민을 두고 찬반 투표로
더없이 선량한 애인들과 설전을 벌이고 돌아설 때
나의 말은 그냥 힘없는 말
그저 철딱서니 없는 말
그리하여 나는 벙어리장갑을 혀에 끼고 다니지
벙어리가 아니라 엄지
장갑이라 다시 불러달라 해야 하는데
추방당한 말은 어디서나 제국을 만나지
상하이로 항저우로 난징으로 창사로
유랑하는 임시정부들을 만나지
나의 말은 그리하여 뒤척이며 흐르지
보트를 품은 바다처럼

오달만*

집안에 대대로 내려오던 논을 아버지는
물방실이라고 불렀다
논에 물이 들어오면 논이 방실방실 웃는다고
그걸 보는 사람도 흐뭇하게 방실이가 되고 만다고
물방실이를 이야기할 때는
물방개가 그리는 파문이 입가를 맴돈다
한번은 아버지의 노름이 들통나서
갓 젖을 뗀 나를 업고 큰댁에서 쫓겨나게 되었는데
저녁나절 모를 흔들고 가는 바람처럼 이쁜 게 있간디
아무리 엄하신 할아버지라고 별수 있간
그 논흙을 떠와 집 벽을 바르고
대나무 뼈에 발라 지붕에 얹기도 했던
아버지는 물방실이 앞에서 딱 한 번 운 적이 있다
속 모르고 방실거리는 물방실이를 판 날이었다
모내기 하던 날 발바닥 오목한 데 찰싹 달라붙던
찰진 흙가슴팍을 다시 어디서 만날 수 있을 것인가
국(國)이나 도(道)나 군(郡)이나 면(面)이나 리(里) 같은
행정 단위의 지명들에선 도무지 느낄 수 없는 실감
이제 나의 땅이 아닌 물방실이에 관해 듣다보면
난민도 아닌 내가 왜 난민인지 알겠다
내란과 외침을 경험하지 못한 내가
북간도로 블라디보스토크로 사할린으로
유랑하던 사람들처럼 떠돌고 있는지 알겠다

* 스칸디나비아반도에서는 자유인을 '오달만(odalman)'이라고 했다. 오달만은 토지를 몰수당하거나 매각해도 소멸되지 않는 권리를 갖고 있다. 화가의 작품이 다른 사람의 손에 넘어가더라도 그 제작자는 그대로인 것처럼 오달만은 근대의 소유권 개념이 닿지 않는 장소의 창조자다.

북벽향림

바위에 먹을 갈고 있는 것이다
측백잎을 뿌려 먹향이 흘러나오는 것이다

머리 끝으로 피가 몰리는 추락을 정지
화면으로 뚝. 멈춰놓았다
탑까지 쫓겨 올라가서 문 닫아건 채
임박한 몰락을 견디다 눈 질끈 감고 뛰어내리는
성주의 뒷덜미를 붙들어놓았다
바위 틈에 발을 끼우고 떨어질 듯 말 듯
침이 꼴깍 넘어가는 북벽
그들에겐 바위의 금마저 뿌리다
더는 뻗을 데 없는 뿌리들의 실뿌리다
그 틈으로 들고 나는 숨결이 있어
갯벌에 향목 묻듯, 바위에 뿌리를 묻은 자들
넝쿨넝쿨 뻗은 금에 양분을 대는 건 사실
한몸이 된 나무와 벽의 견딤이기도 하려니
벼루에 측백잎을 섞어 먹을 갈던 사람들에겐
도로의 먼지와 소음에 쫓겨 올라선
벼랑이 통째로 먹향을 뿜는다

측백나무 남방한계선은 그들로 하여 꿈틀거리고 있다
지도에 그린 금도 그들의 실뿌리인 것이다

바다로 간 코뿔소
―朴鹿三에게

　수목한계선 너머로 자신을 밀어올린 나무들, 암벽 위에서
실족한 나를 잡아준 고사목 가지가 백록의 뿔이었다 침 바
른 아까시 가시 코 위에 올려놓고 강둑을 질주하던 유년이
절멸에 이른 짐승의 후예가 될 줄은 몰랐겠으나 활활거리던
불이 꺼지지 않기 위해 바다 한가운데 외따로 솟은 화산도
가 된 것이 아닌가 하였다 바다에서 모든 섬은 중심이다 저
마다의 중심으로 흩뿌려진 점묘화의 어느 한구석에서 모스
부호처럼 나도 신호음을 내고 있는 것이리라 오 황홀한 분
리주의자들이여 뿔뿔이 흩어지고 흩어져서 별자리가 된 밤
바다의 불빛들이여 숨이 막혀오는 산정이 코를 틀어막고 뛰
어든 어린 날의 강바닥만 같았을 때 나는 솟아오르고 있는
중이었다 마그마 꿈틀대는 지구의 두개골 위로 막을 뚫고
막 돋아나는 중이었다

모슬포

반듯하게 각을 지어 다듬은 돌담이 태풍에 무너졌다
큰돈을 들였는데, 보란듯이
대충 쌓아올린 돌담들은 멀쩡하다
모난 돌이 정 맞는 건 육지에서의 일,
섬에선 모난 돌도 대접을 받는다
세상의 모든 돌은 만나면 끼워맞출 수 있는
모가 있으니까, 모난 구석끼리 암수 끼워맞춰
돌담도 되고 산담도 된다
이리 뒤집고 저리 뒤집어
모와 모의 퍼즐을 맞추는 것이 축담의 전부
그 사이로 숨비소리 같은 숨길이 트인다
바람을 죄었다 푸는 푸른 입술이 생겨난다
하나가 움찔하면 전체가 따라 꿈틀하는 새떼와도 같이
끝에서 끝으로 구불거리는 돌담
이리 뒹굴 저리 뒹굴 깨지고 부딪치다 쓸모없어진
나도 여기선 제법 태평하다
우둘투둘한 이 돌들과 함께라면
못난 것도 마냥 흉만은 아닐 것 같아서
영 못 살 것도, 몹쓸 것도 없는 모슬포

철원

도피안사 대적광전 철조비로자나불의 장삼 자락에서 흘
러내린 주름이 풀어져, 풀어져 한 자락 두 자락 하늘을 떠
메고 가는 새들, 녹슨 쇠문 여는 소리가 나네 철심 박아넣은
몸으로 서 있는 노동당사 경첩 부딪는 소리도 들려오네 인
간의 일은 잊고 오직 그리움 하나로 풀어져, 풀어져 쇠를 먹
은 풀씨라도 품어보았으면,

철원이라
쇠기러기떼 날 때

그림일기

새 장갑이 생긴 밤이었다

장갑 하나 꼈을 뿐인데 누가
손을 꼭 감싸주는 것 같아서 좋았다 겨울은,

뒤꿈치가 헌 누이의 양말도 되었다가,
꼭지에 방울이 있는 모자에도 머물렀다가,

썼다 지우고 썼다 지우며
밀린 그림일기 숙제를 하던 밤

그 밤처럼 창밖은 눈꺼풀이 딱
붙어버린 것 같은 설원이다

애써 짠 장갑을 풀어 나는 무엇을 짤까

세타 없이 겨울을 난
어머니의 뜨개질을 따라

눈사람

내가 눈을 치우는 게 아니라
눈사람이 눈을 치우는 거다
눈을 치우는 줄도 모르고
눈을 치워주는 눈사람
택배 오토바이도 가고
폐지 수레도 가고
빙판이 아찔한 구두들도
지나가라고
내가 눈을 뭉치는 게 아니라
눈사람이 나를 뭉치는 거다

눈을 쓴다

오늘은 빗자루가 펜
백지를 넘긴다

3부

겨울은 지상의 가장 오래된 종교

동백에 들다

1

꽃잎과 꽃잎이 포개져서 꽉 끌어안은 채 벌어지고 있다 한 치의 틈도 없이, 빠듯이, 살을 부비면서 폭발하고 있다 냉방에서 끓는 물처럼 입김을 뿜어올리며 사랑을 나누는 연인들,

이대로 절명한들 어떠리
콱, 숨이 틀어막힌 동백이 터진다

2

동면에 들기 전에 뱀은 흙덩이를 머금었다가 이듬해 봄에 뱉는다고 했다 꿈결에라도 혹여 문을 열고 뛰쳐나올까, 관 뚜껑 열리지 않도록 스스로 짓는 봉분, 머금었던 흙은 단맛이 나서 귀한 약재로 쓴다고

뚫어라, 폭설에 잠긴 설악
무문관 자물쇠 구멍에
얼음이 박힌다

3

얼음 아래로 물이 구불구불 흘러간다 빙어의 내장이다 어디부터가 속이고 겉인지 분명치 않다 속이 빤해서 무구에 가까워졌다 튼 입술에 하얗게 돋아나는 막, 딱지로 굳기 전

안팎이 팔팔 끓는 투명 점막, 벽이면서 창이다 얼음은 얼음
이어도 아슬아슬한 살얼음이다 살의 온기를 기억할 수 있
게, 얼음까지 피가 돌 수 있게 파닥이는 은빛,

빙어가 튄다
결빙으로 결행중이다

4

곡기를 끊어 어둠이 캄캄 창자까지 와서 잘 씻긴 쌀알 같
은 별들을 조리질한다 사다리 타고 올라가 찰칵, 소켓에 알
전구 갈아끼우듯 필라멘트처럼 여윈 뼈를 타고 찌르르 살
아나는 눈빛,

묵언이다

5

리라 있지 고대엔 리라 현을 양의 내장으로 만들었대 내
장을 재로 씻어서는 갈기갈기 찢었지 하필 재였을까 잿더미
였을까 멀리 독일까지 가서 고고학 공부를 하던 허수경 시
인에게 들었다 왜 고국을 떠났느냐는 물음에 그녀는 담담하
게 시 때문이라고 했다 독하구나, 그 말을 받아 적은 종이
도 독을 삼킨 것이다 종이라면 산판에서 벌목공 할 때 양잿
물 마시고 죽으려 들길 몇 번, 양잿물 팔자로 살다보니 펄프

에 양잿물 타는 제지공이 되었다던 유홍준 시인도 생각난다 심야에 전화로 시를 읽어주던 박영근 시인도 있다 수전증에 걸린 손으로 술잔을 건네던 그가 나는 꺼림칙했다 공수처럼 손의 발작이 옮겨오면 어쩌나 겨울밤 덜덜덜 떠는 창문 옆에 서 모니터를 면경처럼 들여다보고 있으면 위(胃)에 온 통증을 탄주라도 하듯 누가 시키지도 않은 야근을 하고 있는 시

 밤마다 재가 되어 사라지는 말들로 끓는 내장을 씻는다

6

터미널 옆 상갓집이었다 노숙 차림의 사내 하나가 상을 독차지한 채 국밥을 비우고 있었다 많이 출출했던지 수육 안주를 한 접시 더 시키고 소주에 맥주까지 마시며 불룩해진 배를 한참은 더 부풀리고 있었다 석연찮은 눈길로 누가 고인을 아느냐 묻자 절레절레, 다만 고인이 백석인가 뭔가 문학상을 탈 때 신문 기사 보고 밥 얻어먹으러 갔다가 차비 이만원을 받은 적이 있다고 했다 그러고는 가난뱅이 시인에게 용돈 얻어 탄 사람은 아마 나밖에 없을 거라며 넉살 좋게 웃어젖히는 것이었다

 사내는 딱히 시장한 것은 아니지만 이별의 예식엔 늘 참을 수 없는 허기가 따른다는 듯 뜨건 국물을 훌훌 불어 마시며 연신 땀인지 눈물인지 모를 물기를 훔쳐내는 것이었다 찬바

람 속에 조등이 환한 밤이었다*

7

　일제 때부터 유신 시절까지 한강의 수위 변화를 매일같이 기록한 사람은 일본인이었다 징병을 피해 열도를 떠돌다가 현해탄을 건너와서도 헌병들의 감시와 추적을 피해 다니던 도망자 다이치 고스케, 관측소 문을 걸어잠그고 살았던 그에겐 6·25도 4·19도 다 전쟁에 미친 제국의 광란이었다 태평양전쟁이 아직 끝나지 않았다고 확신한 그는 문을 아예 용접해버린 뒤 땅굴을 파고 살았다 판문점에서 도끼 만행 사건이 있던 해였다 뭐든지 신고가 일상이던 시절 둔치 텃밭의 파가 땅속으로 쑥 사라지는 것이 보였다 출동한 군경들 앞에 암반 위 콘크리트 우물 속 부자의 눈금을 읽던 사내가 항복인지 만세인지 모를 자세로 두 팔을 들고 나왔다 하루도 거르지 않은 구(舊)용산수위관측소의 관측이 끝나는 날이었다

　묻는다 홀로 시를 쓰는 밤, 전송할 곳도 없는 강을 기록하다 죽어간 사내, 그에게 강은 무엇이었을까

8

　밀걸레가 복도를 지나가면 물기를 머금은 바닥에 창밖의 하늘이 비친다 껌딱지 떼어낸 바닥에 구름도 따라 들어와

앉는다 조용히 바닥 먼지를 밀며 지나가는 밀걸레, 바닥에
내려온 하늘을 밟을 때마다 나는 어서 물기가 말라주었으면
한다 하늘도 구름도 바닥을 떠나 바닥이 그냥 바닥이었으면
한다 밀걸레는 아침마다 자신의 일을 하고 있을 뿐이고, 말
끔해진 바닥을 밟고 지나가는 건 착실하게 관리비를 내는
나의 정당한 권리인데 거울에 티끌이라도 묻지 않을까 소심
해지는 걸음걸음은 무엇 때문인가

　　일이 풀리지 않을 때면 복도 끝 밀걸레 옆에서 담배를 문다
　　쉰내가 나지 않도록 빨아서 널어놓은,
　　붓을 든 건 내가 아니라 이 밀걸레가 아닐까 하면서

9
　　빚만 안고 얼떨결에 떠밀리듯이 떠맡은 회사였다 대표
이사는 퇴직금도 실업급여도 없다는 걸 미리 알았어야 했
는데, 직원들은 대표이사 대신 시인이라면서 쑤군덕거렸다
시인이 급소일 줄은 몰랐다 스스로 KO패를 인정하며 쓰
러졌지만 이건 권투가 아니라 종합격투기, 쓰러진 자의 손
을 비틀고 목을 조르며 쓰러진 바닥에서조차 항복을 받아
내야 직성이 풀리는 링이었다 동료들 중 발 빠른 몇몇은 오
래전부터 한통속이었다는 듯 축배의 대열에 끼어들었다 스
스로 성문을 열어준 성주를 더는 비참하게 만들지 말자 누
군가의 희미한 소리도 짓밟히고 만신창이 몸으로 기어다닌

바닥, 뒤집어 누우니 링 위의 허공이 내려다보고 있었다 내가 숱하게 펀치를 날린 허공이 보기 좋게 카운터펀치를 날린 셈이었다

텅 빈 링은 마치 처음부터 그랬다는 듯이 이봐, 그림자 복서, 어서 일어나 집에 돌아가야지, 아무도 내밀지 않는 손을 내밀어주는 것이었다

10
호랑가시나무인 줄 알았더니 컹, 컹 개뼈다귀나무다 본디 겁 많고 순한 것들이 이를 드러내는 거지 제 사나운 소리에 놀라 더 사나워지는 거지 일곱 살 때 이층 건물에서 뛰어내려 골목 아이들을 제압한 건 순전히 울고 있는 나를 들키고 싶지 않아서였다 환타병 맥주병 콜라병 깨진 이를 박고 으르렁거리던 담벼락도 잇몸이 다 상했구나 비루먹은 혀를 빼문 채 기신거리는 귀갓길, 호랑이도 호랑가시도 되지 못하는 구골나무 흥건하게 괸 향이 흐른다 하필이면 엄동설한을 골라 피어나는 개뼈다귀꽃

컹, 컹, 꽃가지 물고 나 집으로 간다

11
포장 비닐로 칭칭 감아서 싸맨 어묵집이었다 국솥에서 올

라온 김을 말아 뭉쳐진 천장의 물방울이 떨어질 듯, 말 듯, 떨고 있었다 철봉에 오래 매달리기 연습이라도 하듯 어금니 꾹 깨물고 당겨 쥔 한 방울이 핑 몸을 허물기 직전에 터져나오는 빛, 둑 너머까지 따라가서 잡았다 놓친 물줄기가 주르륵 미끄러져내릴 때, 배려랍시고 외면을 하는 뿌연 창밖 거리의 입김들 위로 흐린 별도 몇 점 녹을 듯, 말 듯, 얼어터진 채로 그렁대고 있었다

사랑할 사람도 이별할 사람도 없이 불어터진 어묵 같은 날들, 가늘게 들썩이는 저 만수위 속으로 나도 첨벙 뛰어들 수 있다면, 술잔을 부딪는 진동음 하나에도 앙다문 물방울을 전구처럼 켜놓은 어묵집

12

안경을 머리에 끼고 안경을 찾는다 손목에 찬 시계를 찾아 쓰레기통을 뒤집어엎기도 한다 어제는 가방을 길에 헌납했다 스무 해 가까이 들고 다닌 가방의 분실신고가 왜 실종신고만 같은지 모르겠다 아는 길로만 다녔는데 왜 길을 잃어버린 것 같지 표지판 따라, 구글 지도를 확인하면서 길을 벗어난 적이 없는데 왜 미로를 맴돌고 있는 것 같지 이별도 환승 이별만 하고 다녔건만 일회용 라이터라도 잃어야 무사히 지나가는 하루

잃어버린 사물들이 나를 찾고 있다 한밤에 일어나 조난신　￣
호처럼 서랍에 수북한 라이터 불을 껐다 켜며

13

내가 서른 해를 머물다 떠나온 남쪽 등대섬 옆 바위섬에선
해마다 가마우지떼가 겨울을 난다 풍인들이 살다 떠난 용호
농장 새들이 하필이면 바위 절벽 끝에 둥지를 튼 이유를 나
는 아직 모른다 다만 용가시나무와 갯쑥부쟁이와 괭이밥이
겨우 뿌리를 내린 바위 틈, 어쩌면 스스로 빛을 뿜어내는 것
들은 모두 자신만의 카랑카랑한 절벽을 갖고 있는지도 모른
다 별이 수직 상승을 통해 닿을 수 있는 섬이라면 섬은 끝없
는 수평 이동을 통해 닿을 수 있는 별, 연락선 뒤의 하얀 물
거품처럼 유성이 흐를 때 가마우지는 저물 대로 저문 검정
에 이르러 그 흰빛을 뿜어낸다 칠흑의 몸을 통과한 빛이 바
위벽을 차고 떠오르면 수평선 밖 누군가는 그 빛을 따라 항
해를 하리라 이 검은 사제복의 은수자를 숭배하여 등탑을
향해 난 계단마다 소라와 고둥이 공물로 올라오기도 하리라

　그 섬에선 가마우지도 등대지기다

14

암벽에선 바위 주름 하나도 긴한 계단이 된다 산을 오르
다 미끄러질 때 브레이크를 걸어주는 것도, 하산길에 더 조

― 심하라고 다리 힘 풀린 신발 바닥에 마찰력을 주는 것도 눈에 잘 띄질 않는 주름들이다

　　눈보라 치는 상상봉 악 소리 터진다는 악산
　　상처로 부서져 흉한 흠도 무늬처럼 더듬는 손이 있다

15

　임도 한가운데로 뱀이 지나간다 뱀은 늠름하게 이마를 들어올렸다 그 기세에 눌려 멀찌감치서 그가 지나가길 기다린다 뱀은 움직이지 않는다 바닥에 붙은 몸이 떨어지지 않는다 가만, 못대가리를 펜치로 구부려놓은 듯, 차바퀴에 눌려 죽은 뱀이다 개미떼가 줄지어 몰려오고 있는데, 비에 씻긴 버찌알마냥 윤이 나는 눈은 생시보다 더 쌩쌩하다 숨이 멎는 순간마저 놓치지 않고 똑똑히 지켜보았을 것 같은 눈이다 키우던 강아지도 숨을 거둘 땐 마지막 힘을 내서 오똑 정좌를 하였다 어제는 평소대로 집 앞 골목길을 쓸고 들어와서 눈을 감은 사람의 부고를 받았다 가자, 한 발짝 더, 목이라도 쭉 빼어보자꾸나 가던 길 계속 가겠다는 듯 으스러진 등뼈 위로 꼿꼿한 이마

　　멎은 그대로, 어디 먼 곳을 가리키고 있다

16

영하 삼 도와 영상 삼 도 사이에서 고로쇠 수액을 뽑는다 영하와 영상 사이엔 얼어붙었던 폭포가 바닥을 치는 소리가 있다 고로쇠 시린 수액맛의 비결은 그 낙차에서 온다 영하 삼 도와 영상 삼 도 사이에서 조문이 늘어난다 누군가는 신문 부고란이 늘면 봄이 오는 걸 안다고 했다 얼음과 꽃 사이엔 겨울을 견딘 누군가의 관이 바닥을 치는 소리가 있다 아들아, 너는 속이 차니 이맘때면 고로쇠 수액을 마시거라, 아비의 뼈를 품고 나도 산정에 얼어붙은 적이 있다 유골 단지를 화로처럼 품고 수액을 뽑아올린 적이 있다 뚝. 뚝

분지른 가지 끝
상처를 품고 콸콸거리는 수액

17

회사에 복귀한 뒤 복도에서 만난 누군가 그랬다 부고를 받지 못한 그는 내 얼굴이 뭔가 변했다고 했다 평소의 모습이 아니라고, 그러면서 오랫동안 알고 지낸 나를 초면인 듯 바라보는 것이었다 화장실 거울에 슬쩍 비춰본 나는 오래전에 떠나온 나의 얼굴을 하고 있었다 무슨 의지 같은 것은 도무지 찾아볼 수 없는 표정, 죽음을 만난 얼굴이 어딘지 선해 보이기까지 했다 산능선에 살짝 얹혔다가 사라지는 늦가을 서리 같은 것이랄까 그 얼굴을 잃어버리고 나는 자잘한 일

— 상의 일들에 파묻혀 지내기 시작했다

거울을 본다 아니다, 거울이 나를 본다

18
눈이 숟가락처럼 움푹하다 점심시간 골목 대문 앞에 지팡
이를 짚고 나와 해바라기를 하는 노인, 그 우멍한 눈에 별
뜻도 없이 내리는 빛을, 바람을, 행인들을 퍼 담는다 듬뿍듬
뿍 떠얹는다 이것이 지상의 일용할 양식이라는 듯, 무덤 속
까지 쥐고 들어가는 게 숟가락이라는 듯

고봉이다
고봉 무덤까지 떠먹겠다

19
회굴을 할머니는 해골이라고 했다 해골이 숨을 잘 쉬어야
방이 따뜻한 거라고, 자신의 해골을 그려놓고 바라보는 선
승들의 수행법이 있다더니, 가묘에 북어를 모셔놓고 장판
이 까맣게 눌어붙도록 뜨끈뜨끈하게 허리를 지지던 아랫목
이 그립구나

움직이지 마세요, 숨을 멈추세요, 엑스레이 앞에서 증명
사진을 찍는다

—

20

친지의 여식 결혼식장에 올라온 아낙들의 말, 시한에, 대청 항아리 속 얼음을 깨부수고 떠먹던 식혜 맛이 났다 아는 스님 한 분은 출가하던 날의 기억이 잊히질 않는다고 했지 산문까지 따라오신 어머니의 눈빛이 지금도 눈앞처럼 생생하다 했지 일찌감치 고향을 떠나온 내게 무슨 그리 간절한 기억이 있을까마는 어느 한쪽만 생생한 그건 이별 때문, 출가를 하듯, 이별의 순간에 전생이 멈춰버렸기 때문, 그런 사랑이 있다 단 한 번만이 허락되는 이별을 통해서만 간신히 다가갈 수 있는 사랑,

시한에, 눈발에 감긴 굴등 몇을 품고 잠든 마을 겨울밤이 아직 그대로다

21

시골집 담벼락 아래 깨진 사기그릇, 봄눈이 고봉으로 앉더니 산수유 굽은 등허리를 지지는 꽃볕에 녹아버렸다 찰찰 찰 물을 마시던 혀를 기억하니 까치가 찔끔 쩌르고 가면 깨진 이로 웃어주는 물그릇,

물빛을 품고 흉터를 핥는다

22

등이 시린 물고기 부부에겐 당겨 덮은 얼음이 이불이겠다 홑이불 같은 살얼음에 솜털 같은 눈도 좀 넣고 두툼하게 부풀려 겨울을 나는 것이겠다 남의 집 이불 밟는 일이 난처하긴 하나 따딱딱 발굽소리에 잠 깬 물고기 내외는 다시 잠들지 못하고 긴긴 겨울밤 알을 품기도 하려니, 겨울은 지상의 가장 오래된 종교인가 한다 찻잔 하나도 두 손으로 받들어 호록호록 감사해하는 순간들이 있었으니

지붕 위에 두툼한 눈이불 끌어 덮고 굴뚝만 간신히 내어놓은 채 잠을 자는 집

23

빠각, 씨앗을 쥐고 부비면 돌 속에서 꺼낸 불처럼 손바닥이 뜨거워온다 저만치 사이를 두고 뒤로 물러섰다가 냅다 내달리는 산양 뿔 불똥 튀기는 소리 같기도 하다 씨앗의 표면은 바위 주름처럼 거칠고 융기와 침식을 거듭한 듯 울퉁불퉁하다 하늘을 찌르고 계곡을 향해 아찔하게 떨어져내리는 산협이 손바닥을 지압중

혈관 속으로 영동 산간지대를 스치는 눈보라가 인다 굴피집 아궁이 생솔가지 터지는 소리가 난다 빠각, 비탈 찾아가는 산양 발굽 같은 가래나무 씨앗

24

　동백을 까는 건 볕에게나 맡길 일, 난봉꾼처럼 꽃망울 슬
슬 얼러대는 바람에게나 맡길 일, 꽃 소식 기다리다 지쳐 쳐
들어간 선운사 동구, 감질이 나서 더는 참지 못하고 다짜고
짜 찢어발긴 동백, 놀라워라 동백이 처음부터 붉은 것은 아
니었다 희미한 한 점이 점점점 진해져 꺼지지 않도록 여민
멍울 속에서 불씨를 살려가는 것이었다 순백의 속살 위에
떨어진 연하디연한 한 점, 내 손톱에 난 상처 자국이 아닌
지, 흰 속옷에 묻어 있던 그 한 점이 내내 욱신거린다

　그러니, 동백을 까는 건 여관집 처마 아래 그냥 왔다 가는
볕, 부끄러운 눈으로 가지만 슬슬 문지르다가 온다 간다 말
도 없이 그냥 있다 가는 그늘의 일

25

　쇠물고기 울어라, 산 너머 꽃망울을 터뜨리려고, 몸은 비
록 묶였으나 등을 관통당한 통증이 있어, 통증으로 건너가
는 소리가 있어, 녹비늘 비늘 털며 가다 가다 소리도 다한
자리, 남은 진동이 있어, 남은 진동으로 밀어보는 공기들이
있어 투둑 툭 여미면서 피어라, 산 첩첩 물 중중 저 어디 석
삼년 꼼짝없이 뿌리잠을 자러 가는데, 흩날리는 법 없이 해
찰하는 법 없이 통째로 오직 자신의 중심을 향해 떨어지는

꽃, 강길 산길 울컥울컥 에돌아 번지는 굽이굽이

울어라, 쇠물고기

26

언젠가 한 번은 마주친 적 있는 눈빛이다 동백잎에 내리는
빛, 그의 얼굴도 이름도 다 지워져서 눈빛 하나로 살아나는
사람이 있다 누군가 그랬지, 화장을 하면 몸에서 가장 늦게
까지 타는 게 심장이라고, 심장만 홀로 남아 꺼져가는 불을
지키고 있다고, 재가 묻은 심장, 나 지상을 뜨고 자취란 자
취 까무룩히 잊힌 뒤 무슨 그리움이 남아 닫은 눈꺼풀 커튼
젖히듯 잠시 떠보고 싶을 때

흔들리는 동백잎을 차고 건너오는 저 빛, 저 빛만 같았
으면

27

갯벌 속에 묻혀 사라진 향목 같은 지명이다 침향포, 지도
에 없는 이름에서 매향비의 흐릿한 각자들을 짚고 따라 읽
는 바람소리가 난다 사라진 것들이 내게 혀를 주었구나 갯
벌에 묻힌 포구를 찾아 떠돌게 하는구나 사천이나 삼천포
쪽을 지날 때면 卍당의 청년 비밀결사가 있었던 다솔사 편
백나무 아래에 앉아 있다 오곤 하였다 나이테 몇백 겹을 두

르고도 여전한 청년, 유신(維新)이 있다면 오직 저를 뒤집
고 뒤집으며 밀려오는 저 푸른빛 아니겠는지, 매향을 품은
포구의 파도를 황금 편백 수직으로 곧추세운 것이 님의 침
묵 아니겠는지

　나도 이름 하나 묻었다 망자의 눈을 감겨주듯이, 자거라,
마음이여— 가라앉고 솟고 끓고 부서지며 흐르는 물거품의
길이여— 수평선을 넘어갔다 오는 파도로 다독다독 온 남녘
을 적시는 향기의 결사로서

　28
　방파제 끝 등대에 그리운 이름 하나 새겨놓았더니 그 이
름 파도에 쓸려가버렸다 떨어져나간 페인트칠 따라 흔적도
없다 방파제 끝까지 팔짱을 끼고 걸어갔던 저녁은 어디로
가버렸을까

　지워진 이름이 점등을 한다
　바다로 간 이름이 바다를 비추고 있다

* 박영근, 「함흥집」, 『저 꽃이 불편하다』, 창비, 2002, 77쪽.

4부
순간의 발행인

제비집
—동탄 1

제비 한 쌍이 처마 아래서 한참 정지 비행중이다
빨랫줄이나 벽에 박아놓은 못에라도 잠시 앉으면 좋으련만
무슨 말 못할 사연이 있나
체념한 듯 돌아섰다가 다시 와선 또 가쁜 날갯짓
올려다보니, 처마 깊숙이 마른 진흙자국이 있다
제비집이 붙어 있다 떨어진 자리

명절만 오면 헛걸음인 줄 알면서도
신도시로 바뀐 고향땅에 와서
옛 논과 들과 마을을
떠돌다 가는 사람들이 있다

입춘첩
―동탄 2

늙은 개가 게을러터져서 마냥 잠만 잔다 싶었더니
언 땅에 생산이 끝난 젖가죽 축 늘어뜨리고
만사 귀찮다는 듯 시난고난
죽을 날만 기다리고 있다 싶었더니
사람 나이로 낼모레면 망팔 망구라는 개가
무슨 일로 그 무거운 몸을 퍼뜩 일으켜세우더니
옆으로 비틀, 몇 발자국을 옮겨가서 다시 드러눕는 것이
었다
그러고는 외로 튼 고개로 겨우내
눌러앉았던 자리를 흐뭇이 바라보는 것이었다

아무도 빨지 않는 마른 젖꼭지를 물고 올라온 듯 후끈
복수초가 피어난 자리

노작(露雀)공원에 옥매를 심고서
—동탄 3

무대나 장소에 따라 영향을 받는 가객들처럼
새들도 저마다 좋아하는 나무들이 있어서
에코가 달라지는지 모르겠다
노래방에서처럼 이 나무 저 나무 옮겨가며
아아 마이크 테스트를 하는지 모르겠다
옥매를 좋아하는 새라면 좋겠는데
기다리는 새는 쉬 오지 않는다
취향이 까다로운 새라면
듣기 힘든 귀한 소리를 공으로 들을 수도 있으련만
나무는 땅에만 심는 것이 아니라서
가지는 가지대로 낯선 공기들과 입주 인사를 나눠야 한다
뿌리하고 땅하고 한몸이 되려면
개미들이 바지런을 떨어야겠고
벌레들은 더 자주 왕래를 해야 할 것이다
무심하게 지나가던 구름은 축성 삼아
비라도 몇 차례 뿌려주고 가야 하겠지
나무는 나무대로 떡잎이라도 좀 돌려야겠지
누가 먼저 찾아올지 두근거리는 며칠
새로 장만한 악기의 연주법은 기다림이어서
가지의 멍울들을 나는 음표처럼 들여다본다
내게 한 사람이 오는 일이 그와 같았으니
새 한 마리가 나무에 앉기 위해선
참으로 많은 궁리와 일들이 있고 난 뒤다

기계의 마음
—동탄 4

십팔 년 된 트랙터에게 어이— 하고 부른다
먼저 간 마나님 부르듯
그러면 트랙터도 말눈치를 알아들어서
투덜거리는 아픈 몸 끌고
일 나갈 준비를 한다
모내기 전 한참 로터리 작업중인 논에
드렁허리 미꾸라지를 퍼올리는 트랙터를
황로들이 따라다니는 들녘처럼 정겨운 것도 없지
이 쇳덩이도 한때는 흙이 아니었겠는가
흙으로 돌아갈 저나 나나 다를 게 없지
귀농하고 혼자 산 지 여덟 해째라는 농부
그는 중고 아반떼의 심기를 늘 염려한다
부려먹는 상일꾼의 몸과 맘 상하지 않도록
우리 반떼 우리 반떼 하며
엉덩이를 장하게 토닥거릴 때도 있다

선임자의 컴퓨터가 낯가림을 심하게 한다
정을 끊지 못하고 말썽을 부리는 기계보다
짧은 인수인계로 모든 걸 독차지하려는 내가 더
기계스러운 것 같기도 하다

눈물 봉분
―동탄 5

　신춘 등과 스무 해 되던 해에 처음으로 관직을 제수받고
사은숙배한 뒤 화성도 동탄 돌모루 왕릉으로 왔다 왕릉은
왕릉인데 눈물의 왕*을 모신 누릉(淚陵)인지라 낯선 타지에
서 눈물깨나 쏟을 것이라고 다들 고개를 흔들었으나 죽음
을 마주하는 청직을 어찌 사양할 수 있을까 미관말직이긴
해도 함께 온 능졸이 불쌍놈 같은 허우대와는 달리 그 심성
이 딴은 심산유곡처럼 깊은 데가 아주 없지는 않아서 적잖
이 의지가 되었던 것도 사실이다 기실 우리는 싯줄이나 읊
으며 떠돌면서 경화사족들을 은근히 부러워하고 질시하며
미천한 신세타령을 함께한 도반으로서 눈물만큼은 그 누구
보다 곡진하게 흘려본 내력을 갖고 있기도 하였다 능역에
들어선 문학관 맞은편엔 사차선 도로를 사이에 두고 러브호
텔과 룸살롱과 주점이 즐비하고, 문학관 뒤편엔 나지막하지
만 새소리 깊게 울리는 오솔길을 품은 산이 어깨를 내어주
고 있다 문학관을 제실로 하여 밤이면 도로를 건너다 골절
상을 당하는 풀벌레 소리를 받아 적고, 주점을 헤치고 검은
도로를 건너오는 사람들의 참배를 기다린다 더러는 폐차 직
전의 나귀를 타고 덜덜덜 남양도호부 매향까지 가서 신도
들을 찾아보기도 한다 능졸이나 나나 허술한 데가 많아 근
방의 호족들 서리배들로부터 수차 고초를 겪기도 하였으나
눈물을 봉분으로 섬기는 일에 어찌 소홀함이 있을까 오호라
종구품 음직인들 어떠랴 눈물을 고배율 렌즈처럼 닦아 하늘
을 보자꾸나 경술년 중추절 앞 벌초를 하고 내려오는 잠시

몸에 밴 풀내를 따라오는 나비 날개를 능참봉 견장처럼 슬 ―
쩍 달아도 보았던가

* 노작 홍사용, 「나는 왕이로소이다」에서.

―

095

배롱나무 아래 요가를
—동탄 6

주파수 속으로 정체 모를 전파들이 침입한다
음악에 도리도리 초점을 모은다
베란다 창밖 배롱나무가 몸을 비틀고 있다
어깨에 힘을 빼고 들고 나는 숨결에 마음을 모아보지만
비튼 몸이 주리를 튼 분재처럼 억지스럽기만 하다
조국을 위해 노벨문학상을 타야 하는데
눈먼 심사위원들이 신인상 당선을 시켜주지 않는다며
도와달라 일터를 찾아온 이의 눈망울이 떨어지지 않는다
숨을 의식할수록 호흡 장애가 온다
숨을 의식하지 않기 위해 나는 숨을 깨트린다
수원 어디 지하방에서 칠십 평생 습작을 하며 독거중이
라는,
당선만 되면 번듯한 작업실부터 구할 거라던 사람
93.1MHz 밖의 마음들이
93.1MHz 속으로 뛰어들어와 끓도록 내버려둔다
이토록 많은 잡념들이 나라니
세상에 숨쉬는 법을 다시 익히는 건 인간밖에 없을 거야
고양이 자세든 애벌레 자세든 살고자 하는 몸짓이 다 요
가지 뭔가
장맛비에 젖었다는 원고처럼 얼룩이 져서 돌아간 사람
하루에도 몇 번씩 문학관 사무국으로 전화를 걸어온 사람
억누르는 마음이 억눌리는 마음들을 더 술깃하게 하는
시간

뒤틀리는 근육 너머로 꽃망울이 터지는
배롱나무 문하에 든 지 일 년째다

아가미 호흡
—동탄 7

사람이 없을 땐 마스크를 턱에 걸치고 걷다가
사람이 나타나면 얼른 끌어올려 눈 밑까지
가린다

반복하다보니
아가미를 들었다 내렸다
모자란 숨을 쉬는 물고기
영락없다

여기가 어느 심해인지, 수족관 바닥인지, 진화가 퇴화였
나보군
애써 달려온 길이 출발한 자리로 돌아가는 길이었나보군

복면 덕분에 예의 삼아 외면하던 눈에 집중한다
드러난 눈만으로 누구인가를 살핀다
저마다의 눈빛마다 저마다의 표정이 있구나
들을 수 없는 말들이 있구나

아가미 호흡이라니,
전에 없던 능력이다

자귀나무 속눈썹
—동탄 8

속눈썹이 짧아 불만이라는 애인의 창에 자귀나무를 붙여
주겠네

물가에 나무 심듯, 나무 그늘 늘여 은비늘 더 생생해오듯

인어의 추억
—동탄 9

앞가슴 단추 둘을 풀어헤치고 걷는 품속으로
벚꽃잎이 뛰어든다

순간,
스카프가 지느러미처럼 흔들린다

꽃비늘 하나로 묵직한 걸음이 유영으로 바뀐다,
바뀐다, 그럴 리가 없지만,

나는 나를 설득중이다
살다보니 이런 순간들도 있다고,

꽃잎 하나로
가슴에 먼바다
밀물이
오르내린다

약속 시간에 늦지 않도록 뛰어오르던 서동탄역 출구
날리는 꽃잎이 입술을 첫 키스처럼 스쳤다

고군산군도

외로움도 이젠 섬의 차지가 아니다

애인이 생기면 무인도에 가서
배를 끊겠다던 청춘은
어디로 갔나

무인 카페에서 반나절 보내고
숙소는 무인 호텔, 슈퍼도 무인 점포
무인이 수두룩하다

천 리 만 리
가끔씩은 한밤에 혼자서
바다를 찾아가던 내가 그립다는 사람아

섬을 잃고 마침내 나는
섬이 되었다

참치의 아가미

유영에 거추장스러울까봐 거죽의 비늘까지 다 떼어버렸다
횟집에서 어쩌다 속살에 박힌 비늘을 만난다면
수면중에도 절반은 깨어 있기 위해
비수로 저를 겨누고 있었다고 보면 틀림없다
늦잠 버릇 어쩌하지 못해
물 한 컵 마시고 잠이 들던 시절
방광 끝에 모인 방울방울이 알람 시곗바늘이었다
범람 직전 침에 찔려 아야야
깨어나는 한 방울로 간신히 기상을 하던 그 시절
참치 눈물주 꽤나 마셨던가
날 때부터 아가미를 열었다 닫을 근육이 없어
바닷물 속 산소를 마시기 위해
잠시도 쉬지를 않고 질주한다는 참치
몸이 허들이었던 거다
제 몸을 장애물 삼아 건너뛰기를 하였던 거다
부처님도 수행에 방해가 된다고 해서
아드님 이름을 장애(障礙)라 지었다지
장애를 부처로, 모세혈관 속속까지
실밥 터지듯 환하게 뜯어져나오는 물결이 있다
세뇨관 너머 집합관 너머 천체가 돌아가고
별자리도 새벽 쪽으로 한참은 흘러갔을 시간
전신 호흡중이다 매 순간
숨을 각성해야 하는 비애를 축복으로

102

바다의 숨구멍을 뚫는다
숨을 끊고서 숨을 잇는 참치

완전한 생

완전히 행복했던 적은 없는 것 같다
행복의 중심에 있을 때조차 어딘가는 조금씩 불편했다
완전히 불행했던 적도 없는 것 같다
불행의 중심에 있을 때조차 대책 없는 낙관이 있었으니

완전히 진실했던 적은 있었나
진실의 중심에 있을 때조차 얼마간은 나를 의심하는 병을
내려놓질 못했다
완전히 진실하지 않았던 적도 없는 것 같다
위선의 중심에 있을 때조차 몸은 알고 수면장애에 시달
렸으니

완전히 사랑했던 적도 없는 것 같다
결혼행진곡 속에 있을 때도 나는 어딘가로 도망갈 준비
를 하고 있었다
그러나 완전히 사랑하지 않은 적이 있었나
불을 끄지 않고 기다리는 아파트 벼랑 위의 불빛이 나의
등대였으니

죽을 때는 완전히 죽을 수 있다면, 깨끗한 재가 되어 타
오를 수 있다면
그러나 눈을 감는 그 심각한 순간에도 의식의 한쪽은 깨어
창밖으로 스치는 구름의 말을 받아쓸 수 있다면

따라오지 않고 버티는 머리카락과 손톱과 장기 들을 기다
려줄 수 있다면

　나란 늘 엇결 같은 것인가
　엇결의 불일치로 결가부좌를 튼 것이 나인가
　조금씩은 늘 허전하고, 부끄럽고, 불만스러웠으나
　조금씩은 어긋나 있는 생을 자전축처럼 붙들고 회전하
면서

왔다 간 시

너무 정색하고 보지 마라
뭔가가 내게 올 때는 대부분 얼핏이었다

올림픽 삼관왕 양궁 선수 안산이 그랬지
대충 쏘려고 노력했다고,

더러는 온 너를 그냥 보낸다
너무 정색을 하면 놀라 굳어질까봐
붙들지 못한 안타까움 쪽에 나를 세워두고자 한다

왔다 간 시를 생각하는 동안
다녀간 줄도 모르게 다녀간 기척들엔 무엇이 있나

져버린 줄도 모르게 져버린 노을과 달과
석남사 함께 가자던 너와
요양병원에 계신 서규정 시인 전화를 받고 놀랐던 기억과

참으로 무궁무진도 하여라
왔다 간 시여

매사에 너무 뚫어져라 진지했던
내 사랑이 실패한 이유를 얼핏
알 것도 같다

요점 없는 인간

오메가3 지방산 알약을 복용할 때
나는 좀 우울하다
뇌졸중, 관상동맥 질환을 예방하는
디에이치에이 말고 고등어는
고등어도 아닐 것 같아서

비타민C와 과일이 하나인 것을 나는 영영
이해하지 못하리라
과육에 이를 박고 복토를 하듯 아삭
베어 물 때의 실감을 끝내
잊지 못하리라

요점 정리를 잘하던 벗은 제약회사 직원답게
건강보조식품 추천에 열을 올린다
화제를 돌리려 요즘 읽는 책이 뭐냐 물으니
한 주일의 독서는 신문 서평란으로 대신한다고 한다

오랜만의 통화에 나는 쩔쩔맨다
클로렐라와 로열젤리와 스콸렌과 유산균과
요점은 분명한데,
요점 정리가 안 된다

심심파

양념을 하긴 했는데
양념이 저 혼자 잘난 척만 않도록
은근히 절제를 했다

맛과 맛 사이에 여백을 두어서
희미하게 단맛도 오고
쓴맛도 오고, 짠맛도 오고
당최 알 수 없는 맛까지 더한다

을밀대 평양냉면이나
원주 흥업묵집 묵밥은
어딘가 허전한 데가 있었지
부러 채우지 않고 비워놓은 자리가 있었지

수줍어하는 맛이라고 할까
개성을 감춘 맛이라고나 할까
심심파적이 아니라 각고의
궁리 끝에 심심

이것이 어떤 유파 같은 것은 아닌지
과연 아무나 심심한 게 아니로구나
여러 맛이 와서 놀아라 심심
무얼 고집 않고도 이미

자신인 너

—

—

잎이 쓰다

잡초인 줄 알았더니 어수리
잎이 쓰다
우리면 깊은 맛이 난다
쓴다는 게
쓴
잎을
우리는 일 같구나
쓴 잎에서 단맛을 찾는 일 같구나
누구에겐 그저 쓴 잎에 지나지 않겠지만
잎의 씀을
쓰디씀을
명상하는 일 같구나
뜯은 자리마다 후끈한 풀내,
진물이 올라온다
깨진 무릎에 풀을 짓이겨
상처를 싸매주던 금례 누나
생각도 난다
상처에 입을 맞춰주던 잎이
내 몸 어디에는 아직 남아 있어서
쓴다
이미 쓴 잎을
써버린 잎을

귀룽나무의 말

구름이라고도 하고 구릉이라고도 하고
귀룽이라고도 하지

꽃이 피면
어느 이름으로 불러도
그럴 법하다 싶은
나무

구름도 구릉도 귀룽도 뜻은 다르지만
소리로는 통하지 못할 것도 없는 말들,

자음과 모음을 돌멩이처럼 쥐고 공기놀이를 하다보면
어느새 저녁이 올 것 같은 말들

나무에게 배웠다네
생면부지에도 친근한 것들,
친근한 가운데도 틀림없는
생면부지의 이름들을

구름과 구릉과 귀룽 같은 말 하나 갖고 싶어서

춘양 한수정에 달 뜨면 만나자던 약속

숲속에서 한밤에 선녀를 만났어
뭐라 말로 표현할 수 없을 정도로 아름다웠지
이걸 어떻게 표현해?
달이 아닐까?
말로 표현할 수 없다고 했으니까
다시 생각해봐
달 중에도 어떤 달?
기울어서 가녀린 초승달?
초승달도 그냥 초승달이 아니라
사월 초파일쯤에 돋는 초승달이어야지
그래도 미진 ·
미진한 걸 아는 게
시의 일이 아냐?
기울어서 가녀린 것들이
반달도 되고 쪽달도 되고
보름달도 되고 손톱달도 되고
무궁무진이네 하하
아직 뜨지 않은 달까지
달 달 무슨 달
불편은 해도, 그래서
손가락을 꼽아보는
봉화 춘양 한수정
못에 달 뜨면 만나자던

약속이 있었다네

숨은 꽃

꽃이 없을 때 나무의 이름을 알 수가 없다면
나무를 보지 못한 거다

늘 꽃일 수는 없으니까,
열매도 보고 수피도 찬찬히 뜯어보는 거지
같은 초록도 색조가 바뀌어가는 걸
따라가보는 거지

꽃말을 지워보렴 차라리
라일락의 우정과 코스모스의 순정과
영산홍의 첫사랑을 놓아주니
뜻밖에, 홀가분해진 건 나

이름에 가려져 있던 이목구비가 찬찬히 눈에 들어온다
찾지 못한 꽃이 잎과 잎 사이의 하늘처럼 하늘거린다

저 무수한 틈새가 마지막 잎새가 아니겠는지,
저 의미심장을 심장 두근거리는 소리로
머리카락을 내민 채 숨는 숨바꼭질이 있다

석류

석류가 붉은 건 다 설명할 수 없다

마치 당신에게 내가 이끌리는 이유처럼,
이유를 몰라도 좋은 이유처럼

그걸 그늘이라 부른다면 석류는 그늘로 살찐 과육이다
그 또한 나의 해명에 지나지 않겠지만
적어도 석류를 사랑으로 외롭게 하지는 않겠다는 뜻

해마다 석류가 붉는 것은, 석류 앞에 내가 서 있는 것은
석류의 비밀을 너와 나누고 싶기 때문이다
풀고 풀어도 풀 수 없는 비밀을 함께
간직하고 싶기 때문이다

그러고도 석류는 물론 석류이다
석류로서 투명하고 석류로서 충만할 뿐이다

침이 고이는 것들은 대체로
그렇질 않던가

돌멩이의 말

　새는 새밖에 없어 꽃은 꽃뿐이지 돌이 돌 아닌 걸 봤니 물론 돌은 부처도 될 수 있고 벽도 될 수 있어 투석도 될 수 있지 하지만 돌은 그 어느 때도 돌로부터 멀어진 적이 없지 나무는 나무가 아닐 때조차, 심지어 그루터기만 남았을 때조차 물을 뿜어올려 새들의 목을 적셔주지 지도에 없는 땅을 풀잎은 알아 풀잎은 늘 새로 긋는 지도 위에 있으니까, 스스로가 경계선이니까 흔들리는 경계선을 따라 흐르는 구름에게는 아직 이름이 없는 계절들이 있지 그건 얼마나 다행한 일이니 그건 나의 노래에도 여지가 있다는 말이니까 자기 자신밖에 가진 게 아무것도 없으면서도 그들은 자신 너머에 있어 나만이 내가 아닌 것 같아 나뿐이면 정말 외톨이가 될 것 같아 잠시도 쉴 틈이 없이 떠돌지 어디를 뒹굴든 무엇으로 있든 늘 자신에게로 돌아가고 있는 것이 돌, 모래가 되든 흙이 되든 떨어져나가면 그 자신으로 있게 하는 것이 돌, 돌(乭)이라는 이름 속엔 돌을 밀고 가는 새의 빛나는 이마가 있지 새의 부리를 정으로 친 돌멩이가 되어라 돌멩이만 있어도 놀이를 발명할 줄 안다면 그에겐 아직 아이가 있는 것,

　나무 그늘 아래 야물딱지게 박힌 돌멩이 옆에 앉는다
　이 얼마만의 휴식인가

방의 모험

첫 모음을 궁리중인, 아직 궁리중이기만 한, 혀가 떨어지
질 않아 말이 눈으로 와서, 눈에 가득차서, 뚝뚝 떨어질 듯
두 눈이 빛나는 아기

나는 보았다 오늘, 돌 갓 지난 아기가 서랍을 열고 닫는
것을, 열고 닫히는 서랍이 아이의 눈과 코와 귀를, 입술을,
열고 닫는 것을

전신으로, 그야말로 전신의 눈동자로, 아기는 책상 아래
로 기어가더니 책상을 동굴로 바꾸었다 해식동굴 파도치는
소리를 냈다

상투적인 것이 어딨나 상투적인 눈이 있을 뿐이지 벽을
만나면 벽에 심장을 묻는다 심장을 품고 쿵쾅쿵쾅 뛰는 절
벽이 된다

나는 보았다 오늘, 기껏 책냄새나 나는 나의 방이 모험을
하고 있는 것을, 말들로 가득찬 세계가 와르르 무너져내리
는 것을

순간의 발행인

나는 순간의 발행인, 아직 말이 되지 않은 소리로 공기를
떨게 하여
고막을 때렸을 때를 기억하지

공기는 물방울처럼 떨다가 귓속을 찰랑거렸다네
그 소리가 가장 잘 울릴 수 있도록 우물처럼 깊어지던 귀,
그 귓속에선 오직 듣는 일 하나만으로도 충만할 줄 알았지

사과, 하면 사과즙이 흘렀고 배, 하면 배꽃이 피던 그때
나도 공기가 되어 진동했지 사라져가는 소리들을 붙들고
싶어서
사라지게 그냥 내버려둘 줄 알았지

공기는 아무것도 기록하질 않지 허공이 성대가 되도록,
바람이 혀가 되도록,
입술 모양만 봐도 알아들을 수 있도록, 눈도 팔도 머리카
락도 살갗도 다 소리를 위해 집중하지

그뿐이라네 나는 매 순간 마감에 쫓기며 살지
구름을 인터뷰하고 후박나무 잎사귀를 치는 빗소리와 막
귀향한 천 년 전의 바람으로 특집란을 꾸리지
계간도 월간도 주간도 일간도 다 순간으로 하지

잡지박물관에도 도서관 정기열람실에도 아직 입주하지
못했지만
　나는 또한 순간의 열렬한 독자, 순간을 정기 구독한다는 건
　하루 중 아니 한 달 중 잠시라도 내 숨소리를 듣고 싶기
때문이라네

　가끔씩은 펜을 놓고 소리를 내어보지 허공 속에 발행한
페이지를 향하여
　어쩌면 저 공기 속에 오래전에 떠나보낸 내가 나를 기다
리고 있는 줄도 모른다고

해양 동물이 창공 비행을 꿈꾸며 쓰는 육상 일기

신형철(문학평론가)

1. 시의 반대말

시의 반대말은 무엇일까. 내가 떠올린 답 중 하나는 이력
서다. 이력서의 이(履)는 신발이니까, 신발이 상징하는 발
자취가 중요하다. 거기엔 마음의 자취를 적을 곳이 없다. 그
리고 이력서에는 그 신발이 도달한 장소(목적)가 적힌다.
태어난 곳, 다닌 학교, 이전 직장 등등. 그 장소들 사이를 잇
는 길(과정)은 중요하지 않다. 그처럼 이력서에 담을 수 없
는 것들을 쓰는 것이 시다. 그래서 아이러니하게도 시인들
은 이력서에 대해 시를 쓴다. 그것이 시와 매우 다르다는 것
을 말하고 싶어서.

미국 시인 도로시 파커는 「이력서」라는 제목의 시에 다
양한 자살 방법을 나열함으로써 이력서를 '어떻게 살아왔
는지'가 아니라 '어떻게 죽어왔는지'를 적는 문서로 용도를
변경했고, 쉼보르스카는 「이력서 쓰기」에서 이력서를 쓸 때
는 "마치 자기 자신과 단 한 번도 대화한 적 없고,/ 언제나
한 발자국 떨어져 객관적인 거리를 유지해왔던 것처럼"* 써
야 한다면서 그것이 인간의 진실과는 거리가 먼 것임을 꼬
집었다. 손택수의 이번 시집에도 이력서에 시비를 거는 시
가 담겨 있다.

---

* 비스와바 쉼보르스카, 「이력서 쓰기」, 『끝과 시작』, 최성은 옮김,
문학과지성사, 2016, 298~299쪽.

생년월일 사이엔 할머니의 태몽이 없고
첫 손주를 맞은 소식을 고하기 위해
소를 끌고 들판에 나가셨다는 할아버지의 봄날 아침이
없고
광주고속 거북이 등을 타고 와서 여기가 용궁인가
동천 옆 고속터미널에 앉아 있던 소년의 향수병이 없고
길바닥보단 지붕을 좋아해서
못을 징검돌처럼 밟고 슬레이트 지붕을 뛰어다니던
도둑괭이 문제아가 없고
가난하고 겁 많은 눈망울을 숨기기 위해
아무데서나 이를 드러내던 청춘이 없고
남포동 통기타 음악실 무아에서 허구한 날
죽치고 앉아 있던 너를 그냥 보내고 시작된
서른 몇 해 동안의 기다림이 없고
신춘문예 응모하러 가던 겨울 아침
그게 무슨 입사지원서나 되는 줄 알고
향을 피우고 계시던 어머니가 없고
참 신기하지 재가 되었는데 무너지지도 않고
창을 비집고 든 바람 앞에서 우뚝하던 향냄새가 없고
늦깎이 근로 장학생으로 대학에서 수위를 보던 그때
일하면서 공부하느라 고생이 많다고, 힘내라고
밥을 사준 이름도 모를 그 행정실 직원이 없고

이후로 나를 지켜준 그 밥심이 없고
이력서엔 영영 옮겨올 수 없는 것들이 있어
구겨진 이력서에 나는 시를 쓰고 있네
　　　　　　　　　　—「이력서에 쓴 시」 전문

　손택수는 1970년 담양에서 태어났다. 경남대학교와 부산
대학교에서 공부했다. 1998년 한국일보 신춘문예로 등단했
다. 이런 것이 중요한가? 별로 중요하지 않다. 등단 이후 직
장생활은 실천문학사에서 했고 2011년엔 대표이사로 취임
하기까지 했는데 2014년에 물러났다. 그후 약 사 년 동안은
대학 강사, 강연자로 살며 생계를 도모하다가 2018년에 노
작홍사용문학관 관장으로 취임해 지금에 이르고 있다. 이런
것도 중요한가? 역시 중요하지 않다.
　손택수라는 사람을 만나 교류할 때 이런 사실들은 선입견
을 부추긴다. 손택수라는 시인의 시를 읽을 때도 도움이 안
되긴 마찬가지일 것이다. 중요한 것들은 거기에 없거나, 설
사 있어도 문면(文面)이 아니라 행간에, 행간에도 없다면
그냥 당사자의 마음에 있다. 그런 것들이 시로 옮겨진다. 위
에 옮겨 적은 시만이 아니라, 그의 대부분의 시가 그렇다.
이 시집에는 그의 최근 이력이, 아니 이력의 행간이, 말하자
면 심력(心歷)이, 그러니까 결국은 진짜 이력이 들어 있다.
그중 몇 개의 인상적인 장면들을 확인해보기로 한다.

2. 당신에게 묻는 나의 안부

시의 반대말이 이력서라면 시의 유의어는 편지, 그것도 종이에 쓴 편지다. 빠른 이메일은 용건을 다루는 데 최적화 돼 있다. 이제 느린 편지는 안부를 물을 때나 소용 있게 되었다. 이메일에서 안부를 묻는 일은 용건을 전하기 위한 형식적 절차에 가깝고, 편지에선 오히려 용건을 핑계삼아 상대방의 안부를 궁금해하는 내 마음을 발송한다. 그래서 시인들은 편지 형식으로 된 시를 많이 쓴다. 시로 안부를 묻기 위해서. 그러나 내가 묻고 싶은 것이 당신의 안부이기만 할까?

옥탑방의 철제 계단은 여전히 삐걱거리고 있는지, 여쭙니다
당신은 그 계단이 모딜리아니의 여인
목덜미를 닮았다고 하였지요
그 수척하고 해쓱한 목 끝의 옥탑방은
남하하는 철새들이 바다를 건너기 전
날개를 쉬어갈 수 있도록 일찌감치 불을 끈다고 하였습니다
싸우기 싫어서 산으로 간 고산족의 후예였을까요
어느 가을은 가지를 다 쳐버린 플라타너스에게
초원의 기린 이야기를 들려주었습니다

혹만 남은 가지 때문만은 아니었어요
일어난 수피가 얼룩을 닮았기 때문만도 아니었어요
저는 기린이 울 줄을 모른다고 하였지만
우리에겐 저마다 다른 울음의 형식이 있었을 뿐입니다
그사이 저는 위장이 늘어나서 갈수록 목도 점점 굵어
져갑니다
반성도 중독성이 되어 덕지덕지 살이 오르고 있습니다
포도의 낙엽들은 이미 마댓자루 속으로 들어갈 채비를
마치고,
거리마다 등뼈 으스러지는 소리로 탄식하던
몰락의 노래도 더는 들리지 않습니다
그사이 지상은 낙엽의 소유권과 실용성을 발견했습니다
낙엽도 쓸모없이 배회할 틈을 잃고 말았습니다
기린이 사는 초원엔 벼락이 드물다고 했던 게 당신이
었던가요
녹슨 철제 계단 밟는 소리가 낙엽 부서지는 소리 같던
거기
치켜올린 목이 사다리로 굳어진 옥탑방, 여쭙니다
철새와 함께 잠을 청하던 가을의 안부를
물방울 하나가 길디긴 물관부를 유성처럼 흘러가던 밤을
　　　　　　　　　　—「11월의 기린에게」 전문

옛사람들은 기린을 고귀한 동물이라 여겼다. 이 시는 기

린을 소재로 한, 사실은 고귀함에 대한 시다. 편지의 수신인
은 옥탑방에 사는 지인이다. 옥탑방으로 올라가는 긴 계단
을, 당사자는 모딜리아니의 그림에 나오는 여인의 목을 닮
았다 하지만, 화자는 마음속으로 상대방을 기린과 연결해
놓고 있는 게 분명한데, 왜냐하면 그이는 철새들의 휴식을
위해 자신의 불편을 감수하는 고귀한 사람이기 때문이다.

　화자가 또 기린을 떠올린 대상은 플라타너스다. 한때 가
로수로 사랑받았지만 이젠 단점이 더 부각되면서 자주 과감
하게 '정리'되어버리곤 하는 그 나무의 '혹'과 '수피'가 기린
을 떠올리게 했기 때문이다. 플라타너스는 고귀해서 쓸쓸해
진 존재처럼 거기에 있다. 기린이 울지 않듯이 플라타너스
도 울지 않는다고 하면 틀린 말이고, 둘 다 다른 방식으로
운다고 해야 맞는 말이라고 화자는 생각한다.

　옥탑방 지인과 대로변 가로수를 거쳐, 이제 화자는 그들/
그것들과 대조적인, 즉 기린을 닮지 않은 것들을 생각한다.
무엇보다도 자기 자신이 그렇다. 살이 붙고 목이 굵어지면
서 외형상 기린과 멀어졌기 때문만은 아니다. 반성은 하는
데, 반성만 하고 그만인 제 삶이 고귀하지 않기 때문이다.
화자가 발붙인 이 지상 또한 기린의 초원이 되긴 어렵게 됐
는데, 낙엽에조차 가격을 매겨 사고파는 일이(물론 지자체
별로 이유가 있기는 하되) 돈과 무관한 게 남아나질 않는 세
상의 근황을 보여주는 것만 같아서다.

　이렇게 시는 편지처럼 안부를 묻는다. 이 시가 묻는 "가을

의 안부"는 당신의 안부이자 플라타너스의 안부이고 나의
안부이자 이 시대의 안부이며, 결국 사라지는 중인 모든 고
귀한 것들의 안부일 것이다. 2016년에 발표된 이 시에는, 그
의 실제 이력서에는 담기지 않을, 그해 가을 마음의 이력이
담겨 있다. 1부에 실린 몇 편의 경어체 시들이 다 그 무렵 자
신의 안부를 묻는 편지로 내게는 읽힌다. 그때 그는 제 안부
를 누군가에게 묻지 않으면 안 될 정도로 스스로 불안했던
것일까. 그 불안의 징후는 이런 식으로 나타난다.

　　거울을 본다 아니다, 거울이 나를 본다(「동백에 들다」
　17)

　　제가 제게 겹쳐졌던 순간이 바로 그때가 아니었나 합니
　다(「푸른 말」)

　　지붕에 우두커니 앉아 있던 내가 아직 내려오질 않는다
　(「지붕 위의 바위」)

　　혹시나 아는 누가 내가 아닐까
　　기다리던 누가 내가 아닐까(「흰 바위산의 약속」)

　　떠나온 자리가 두고 온 몸 같아 멀찌감치서 돌아다본다
　(「의자 위에 두고 온 오후」)

어쩌면 저 공기 속에 오래전에 떠나보낸 내가 나를 기다리고 있는 줄도 모른다고(「순간의 발행인」)

다 나열하기엔 많지만, 그래서 나열하지 않을 수가 없다. 이번 시집 곳곳에서 시인은 이토록 유사한 강박을 드러낸다. '나'라는 존재가 통합된 유기체가 아닌 것 같다는 느낌 말이다. 내가 거울을 보는 것이 아니라 거울이 나를 본다는 발상은 그 고전적인 예시에 해당하고, 다른 대목에서도 '나'는 남처럼 자기를 바라보고 기다리고 만난다. '내가 알고 있는 나'와 '타인이 생각하는 나'가 너무도 달라서 나조차도 내가 누군지 더는 확신할 수 없을 때 이런 발상이 시작된다. 그리고 역설적으로 이런 불안을 반복적으로 공표함으로써 시인은 자기를 겨우 지켜냈을 것이다.

무엇이 그를 이런 상태로 몰고 갔을까. 앞서 나열한 이력에 언급된 대로 2010년대 전반기 몇 년 동안 그는 한 회사를 이끌어야 했다. 「동백에 들다」의 아홉번째 단장에는 그 시기가 별다른 위장 없이 회상되고 있는데, "얼떨결에" "쓰러졌지만" "비참하게" "짓밟히고" "만신창이" 같은 말들이 잔해처럼 흩어져 있다. 이 단장이 말해주는 것 이상을 우리는 알 수 없다. 이것이 공식 이력서의 행간일 것이고, 앞서 나열한 구절들은 그 행간의 행간에서 흘러나왔으리라고 짐작해볼 따름이다. 이런 시기를 거치면서 그의 안부는 점점

위독해졌으리라. 나는 잘 지냅니까, 라고 누군가에게 물어
야 할 만큼.

3. 시가 될 수 없지만 한 번은 써야 하는

이력서는커녕 편지나 시로도 쓰기 어려운 일들이 있다.
작품이 될 수 없는 사건이 있다는 말은 그 일을 다시 떠올
리기가 고통스럽다는 뜻이고 또 아무리 노력해도 온전히 표
현할 수 없다는 뜻이겠지만, 그런 사건일수록 한 번은 작
품으로 만들어서 그 사건이 '작품이 될 수 없는' 상태로 존
재하는 것을 멈추게 만들어야 하는지도 모른다. 그러나 제
삼자가 이렇게 말하는 것은 너무도 쉬운 일이지만 당사자
에게 그것은 얼마나 혹독한 일일까. 아래 시가 바로 그 일
을 한다.

　　뱃속에 있던 아기의 심장이 멎었다 휴일이라 병원 문이
　열리길 기다리는 동안 식은 몸으로 이틀을 더 머물다 떠나
　는 아기를 위해 여자는 혼자서 자장가를 불렀다

　　태명이 풀별이었지 작명가는 되지 말았어야 했는데, 무
　덤으로 바뀐 배를 안고 신호가 끊어진 우주선 하나가 유
　영하는 우주 공간을 허우적거린 이틀

그후 여자는 어란을 먹지 않았다 생선의 눈을 마주하는 것도 버거워서 어물전 근처는 얼씬도 않던 여자, 세월호 뉴스 앞에 며칠째 넋을 놓고 있던 여자

한동안 가지 않던 바다에 간다 상처라는 게 흔적이 남아야 치료도 되지 둘 사이의 금기였던 아이들 이야기를 나눈다

버리지 못한 초음파 사진 속 웅크린 태아처럼, 부푼 배를 끌어안고 자장자장 들려줄 수 없는 노래가 흘러나오는 바다

—「바다 무덤」 전문

이 시의 첫 버전은 예순아홉 명의 시인들이 함께 펴낸 합동 추모 시집 『우리 모두가 세월호였다』(실천문학사, 2014)에 실려 있다. 세월호 아이들에게 더 마음이 가 있던 최초의 버전이 시인 자신에게 방향을 튼 버전으로 고쳐져 실렸다. 나와 내 곁에 있는 이의 상처를 충분히 들여다보지 않은 채 공적 영역으로 끌고 나갔다는 판단이 뒤늦게 회한처럼 찾아든 게 아닐까 짐작한다. 그때의 선택이 틀렸다고 할 수는 없겠지만, '충분히' 들여다보지 않은 게 있다면 지금이라도 하는 게 옳을 것이다.

시인은 '아내'가 아니라 '여자'라고 적었다. 그럴 수밖에 없었을 것이다. 아내라고 적는 순간, 시인은 남편의 목소리로 말해야 한다. 그 목소리엔 통제할 수 없는 뜨거운 것들이 실리게 될 것이고 그러면 시가 되지 않는다. 다른 이유도 있을 것이다. 같이 겪은 아픔이지만 이 경우 고통의 무게가 같다고 말할 수는 없다. 아내가 남편에게 같다고 말할 수는 있어도, 남편이 아내에게 그렇다고 말할 수는 없다. 자장가를 "혼자서" 부른 것은 결국 아내인 것이다. 나는 이 시의 '여자'라는 호칭이 일종의 존칭이라고 느꼈다.

심장이 멎은 아이를 여자는 이틀 동안 배에 품고 있어야 했다. 그 이틀 동안의 마음에 감히 어떻게 가닿겠는가. 언젠가 정혜신 선생의 책에서 본 사례가 생각난다. 금슬이 좋은 부부가 있었는데 남편이 갑자기 죽었다. 그런데 부인은 그 상태로 하루를 보내고 나서야 주위에 알렸다. 부인에게는 그 하루가 꼭 필요했을 것이라고 책엔 적혀 있었다. 불가피한 상황 때문이었지만 이 부부에게도 이틀이 주어졌다. 적어도 시인의 아내는 다행이라고 생각했을 것이다. 이십 년이 아니라 이틀이지만, 그래도 자장가를 부르며 배웅할 수 있어서 다행이라고 말이다.

태명은 시인이 지은 모양이다. '풀별'이는 별이 되었으므로 뱃속은 우주가 되었다. "신호가 끊어진 우주선 하나가 유영하는 우주 공간"이라는 비유가 그래서 나왔을 것이다. 게다가 우주선(宇宙船)도 하나의 선(배)이므로 이는 바다의 이미지로 이어질 수밖에 없다. 그 무렵 배를 타고 있던 수백의 아이들이 바다에서 죽었으므로, 이 국가적 비극이 이들 부부에겐 어떤 작은 칼날 하나를 더 품은 채로 다가올 수밖에 없었으리라. 부부가 이후 바다에 가기 어려워진 것은 여자의 배(腹)와 진도 앞바다의 배(船)가 그들에게서 포개져버린 탓도 있을 것이다.

애도 작업을 해야 한다. 그리고 애도의 핵심은 잊으려 노력하는 게 아니라 그 반대다. 잊으려 하면 더 선명해지고, 기억하려 애쓰면 서서히 잊힌다. 그러므로 어떤 바닥에 닿을 때까지 충분히 말하고 또 울지 않으면 안 된다. 그러나 많은 이들이 반대 방향으로 간다. 상대방이 잊을 수 있게 도우려 하고, 서로를 배려하느라 말을 아낀다. 그렇게 어떤 사건은 금기가 되어버린다. "둘 사이의 금기였던 아이들 이야기"에서 "아이들"이라는 복수형은 또 한번 가슴을 철렁하게 한다. 풀별이가 처음이 아니라는 뜻이다. 얼마나 오래였고, 얼마나 여럿이었을까.

상처의 흔적을 없애는 것이 치유로 가는 길일 수는 없다. "상처라는 게 흔적이 남아야 치료도 되지"라는 시인의 깨달음은 그래서 정확하고 또 다행스러운 것이다. "애도가 가능하기 위해서는 사라짐의 흔적이 있어야 하고, 더 나아가 사라진 것의 흔적이 있어야 한다."* 무덤이 바로 그런 역할을

---

* 맹정현, 『트라우마 이후의 삶』, 책담, 2015, 18쪽.

한다. 제목이 '바다 무덤'인 것은 이 시가 두 사람이 무덤을 만들기까지의 과정을 그렸기 때문이고, 그러면서 이 시 자체가 하나의 무덤이 되기에 이르렀기 때문이다.

갈 수 없었던 곳에 갔다 왔기 때문에, 달리 말하면, 할 수 없었던 일을 했기 때문에, 그동안 쓸 수 없었던 시를 쓸 수 있었으리라. 그래서 이 시는 부부에게 여러 의미를 갖지 않을까. 옆에 있는 사람이 더 힘들다고 생각하면 제 눈물은 억누르게 되는데 그래왔던 남편은 이 시를 통해 비로소 울 수 있었을 것이고, 그래야만 할 수 있는 대화라는 게 있었을 것이어서 그것으로 아내는 마치 처음인 듯 위로받았을 것이며, 또 이 작품을 공적으로 발표하는 일은 "아이들"이 세상에 왔었음을 분명히 해두는 일이니까 위로를 받은 건 그 아이들이기도 할 것이다.

이 시집에는 아이가 나오는 시가 한 편 더 있다. 「방의 모험」은 돌을 막 지난 아기가 시인의 방을 찾으면서 생겨난 일을 그린다. 아이의 시선과 몸짓이 시인의 지루한 서재를 돌연 신선한 공간으로 만드는 작은 기적 같은 경험을 경탄하며 기록한 시다. 비슷한 소재의 시는 시집 안에서 나란히 붙여놓기도 하는 관행을 생각하면 이 시가 「바다 무덤」과 꽤 멀리 떨어져 놓여 있다는 사실이 예사롭지 않아서 나는 또 아릿해진다. 한 아이의 현존이 다른 아이(들)의 부재를 떠올리게 할까봐 염려돼 행해진 선택은 아닐까, 독자보다도 먼저 이 부부에게 말이다.

4. 고립된 광기와 슬픔을 위해

이런 불안과 슬픔들은 한 사람을 고립시킨다. 표현하기도 어렵고 소통하기도 어려우며 위로받기는 더욱 어렵다. 대체로 고립은 위험하다. 그 상태는 한 인간을 자기 안으로 더 깊이 들어가게 하거나 바깥을 향해 원한을 분출하도록 유도하기 때문이다. 그러나 이 고립의 체험을 긍정적으로 딛고서는 사람도 있다. 이 고립을 많은 이들이 겪고 있겠구나, 내가 타인을 이해했다 믿은 것은 착각이구나, 하는 방식으로 말이다. 시인은 다행히 그 위치에 도달해서 세상의 고립된 것들을 응시한다.

역전에 가면 볼 수 있던 광인들이 아직 시골 역사엔 있다
도시에선 광인들이 노숙자로 통일되어
알아보기가 힘들어졌다
주말마다 강의를 하러 내려가서
율포행 버스를 기다릴 때면
안전제일 야광 조끼를 걸치고 삐뽀삐뽀
역광장을 질주하는 사내를 만나곤 하였다
한번은 내게도 쭈뼛이 다가와
용돈을 달라 천진하게 손을 내밀던 그
눈에서 얼핏 율포 바다 윤슬 같은 것을 보았던 것이나
아닐까

한 해 전 합천 읍내에 시 낭송 초청받아 내려갔을 때
　연예인이라도 만난 듯 사진을 찍고 사인을 받고
　야유가 아닌가 싶게 요란하게 휘파람까지 불던 청년
　행사 마치고 노모까지 모시고 나와서
　자랑스럽게 기념촬영을 하던 사람
　마음이 아픈 아니 이해하이소, 주최측에서도 못마땅해
하였으나
　어느 행사장에서도 나는 그런 환대를 받아본 적이 없
었다
　대한다원 차밭으로 가는 버스를 기다리는 관광객들 사이
　광화문 시위 현장에서 물대포에 쓰러진 농민
　백남기씨를 살려내라는 현수막이 오랫동안 걸려 있던
보성역 광장
　　　　　　─「광기는 어떻게 세계에 복무하는가」 전문

　'광인'이라는 말은 일상의 대화에서 거의 쓰이지 않는다.
이 건조한 문어(文語)를, 시인은 혐오도 미화도 없는 중립
적인 어휘로 느껴지길 기대하며 선택했을 것이다. 그러나
가치 평가는 담겨 있다. 시인은 "천진하게 손을 내밀던" 사
내가 "윤슬"(잔물결) 같은 눈을 가졌다고 평하고, "마음이
아픈 아"라고 불리던 다른 청년은 시인에게 생전 처음 경험
하는 "환대"를 베풀었다고 기억한다. 그들은, 그들과는 다
른 이들이 갖고 있지 않은, 더 정확히 말하면 유지하는 데

실패한 어떤 요소를 여전히 가졌다. 이 '천진함'은 바보 같음이 아니라 순수함이고, 그것은 '마음이 아픈' 사람이 아니라 너무 안 아픈 사람의 역량이다.

아직 세 줄이 남았다. 광장을 한번 휙 둘러보면서 끝낼 법한 대목인데, '백남기'라는 실존 인물을 등장시켜서 갑자기 긴장을 만들었다. 2015년 11월 14일 민중총궐기 대회에서 물대포에 맞아 사망한 그는 흔히 '농민'이라고 지칭되지만 1960년대 후반부터 민주화운동에 참여한 이래로 사망할 당시까지 더 나은 세상을 위한 실천을 멈춰본 적이 없었던 인물이다. 시인의 눈으로 말하자면 그의 열정은 '광기'이고 그는 '광인'이라는 것일까. 물론 그 단어의 가장 고귀한 의미에서 말이다. 그러나 지금 이런 고귀함은 얼마나 고독한가.

아파트를 원하는 사람은 위험인물은 아니다
더 좋은 노동조건을 위해 쟁의를 하는 사람도 결국은
노동으로부터 완전히 자유로운 것은 아니다
그들은 적어도 자신이 속한 세계 자체를 부정하지는 않는다

하루종일 구름이나 보고 할일 없이 떠도는 그를
더는 참을 수 없었던 이유는 무엇일까
어떻게 소유의 욕망 없이도 저리 똑똑하게
존재할 수 있단 말인가

혼자서 중얼거리는 사람, 혼자서 중얼거리는
　행인들로 가득찬 지하철역에서도
　그의 중얼거림만은 단박에 눈에 띄었다
　허공을 향해 중얼중얼 말풍선을 불듯
　심리 상담과 힐링과 명상이
　네온 간판으로 휘황하게 점멸하는 거리

　어떤 슬픔은 도무지 함께할 수 없는 것이다
　혼자서 중얼거리는 사람이 사라지자 혼자서
　중얼거리는 사람들로 거리가 가득찼다
　　　　　　　—「어떤 슬픔은 함께할 수 없다」 전문

　앞의 시처럼 이 시도 눈길을 끄는 어떤 '그'를 바라보는 이
야기인데, 대상에 접근하는 해석적 앵글이 중간에 달라지면
서 전후반부로 나뉜다. 전반부의 그는 "소유의 욕망"을 가
지지 않은 것처럼 보이는 사람이다. 대다수 자본주의의 신
민들에게 소유의 욕망은 살아 있음의 쓸쓸한 증거나 마찬가
지다. 그래서 누구도 "완전히 자유로운" 사람일 수 없고(제
소유욕에 붙들려 있으니까) "위험인물"도 될 수가 없다(세
계를 부정하지 않으니까). 그래서 자유 그 자체처럼 보이는
그가 '나'는 싫다. 나의 역상(逆狀)이기 때문이다.
　그런데 후반부의 첫 구절("혼자서 중얼거리는 사람")에

서부터 그의 속성은 고립으로 바뀐다. 고립된다는 것은 슬
픔을 혼자 해결해야 한다는 것이다. 이제 '나'는 그에게서
질투를 느끼는 것이 아니라 "어떤 슬픔은 도무지 함께할 수
없는 것"임을 자각한다. 시인은 공감의 어려움에 대한 흔한
비관에 다시 빠져드는 것인가. 그게 아니라, 전반부와 후반
부를 연결해 생각해보면, 이것은 '자유와 고립의 관계'에 대
한 시가 된다. 자유는 고립을 대가로 치러야 한다는 것, 우
리는 고립되지 않으려고 이 세계의 욕망에 종속되기를 선택
한 것인지도 모른다는 것.

　아직 끝나지 않았다. 자유를 반납한 우리는 그러면 고립
이라도 면했는가? 그렇지 않다는 게 문제다. 왜 이 도시에
는 이렇게 "심리 상담과 힐링과 명상"을 권하는 이들이 넘
쳐나는가. 왜 거리에는, '그'도 아니면서, 이렇게 혼자 중얼
거리는 사람들이 많은가. 자유롭지도 않으면서 고립돼 있
기까지 한 이 삶은 도대체 무엇이란 말인가. 앞의 시는 시
골 역사(驛舍)에서 광기의 고립을 지켜보고, 뒤의 시는 도
시 역사에서 슬픔의 고립을 목격한다. 회사를 나온 이후 역
을 이용할 일이 많았던, 광기는 잃고 슬픔은 넘쳤던 한 시절
의 기록들일 것이다.

5. 누릉의 능참봉, 순간의 발행인

손택수는 2018년 7월 1일자로 노작홍사용문학관 관장이
됐다. 감정의 물결이 절제를 잃지 않으면서 굽이치는 「나는
왕이로소이다」는 지금 읽어도 놀라운 시다. "눈물의 왕"이
라는 노작의 표현은, 비록 이 시가 '백조' 동인풍의 비탄에
젖어 있기는 하나, 세속 권력의 제국 변방에서 감정의 자치
령을 통치하는 왕의 존재 가능성을 설득하는 당당한 울림
도 가졌다. 그 왕이 바로 시인, 이라고 하면 낡은 낭만주의
의 잔재로 들리겠지만, 그런 발상을 낡지 않은 방식으로 계
승할 시인으로 손택수가 있다고 하면 꽤 그럴듯하다. 공적
으로 임명된 자신을 사적으로 혹은 시적으로 한번 더 임명
하는 시가 있다.

신춘 등과 스무 해 되던 해에 처음으로 관직을 제수받고
사은숙배한 뒤 화성도 동탄 돌모루 왕릉으로 왔다 왕릉은
왕릉인데 눈물의 왕을 모신 누릉(淚陵)인지라 낯선 타지
에서 눈물깨나 쏟을 것이라고 다들 고개를 흔들었으나 죽
음을 마주하는 청직을 어찌 사양할 수 있을까 미관말직이
긴 해도 함께 온 능졸이 불쌍놈 같은 허우대와는 달리 그
심성이 딴은 심산유곡처럼 깊은 데가 아주 없지는 않아서
적잖이 의지가 되었던 것도 사실이다 기실 우리는 싯줄이
나 읊으며 떠돌면서 경화사족들을 은근히 부러워하고 질

시하며 미천한 신세타령을 함께한 도반으로서 눈물만큼
은 그 누구보다 곡진하게 흘려본 내력을 갖고 있기도 하였
다 능역에 들어선 문학관 맞은편엔 사차선 도로를 사이에
두고 러브호텔과 룸살롱과 주점이 즐비하고, 문학관 뒤편
엔 나지막하지만 새소리 깊게 울리는 오솔길을 품은 산이
어깨를 내어주고 있다 문학관을 제실로 하여 밤이면 도로
를 건너다 골절상을 당하는 풀벌레 소리를 받아 적고, 주
점을 헤치고 검은 도로를 건너오는 사람들의 참배를 기다
린다 더러는 폐차 직전의 나귀를 타고 덜덜덜 남양도호부
매향까지 가서 신도들을 찾아보기도 한다 능졸이나 나나
허술한 데가 많아 근방의 호족들 서리배들로부터 수차 고
초를 겪기도 하였으나 눈물을 봉분으로 섬기는 일에 어찌
소홀함이 있을까 오호라 종구품 음직인들 어떠랴 눈물을
고배율 렌즈처럼 닦아 하늘을 보자꾸나 경술년 중추절 앞
벌초를 하고 내려오는 잠시 몸에 밴 풀내를 따라오는 나비
날개를 능참봉 견장처럼 슬쩍 달아도 보았던가

　　　　　　　　　　　　　—「눈물 봉분—동탄 5」 전문

고전 산문체에 의지해 이야기를 풀어나가는 양상이, 옛날
식으로 말하자면, 일품이고 절창이다. 노작을 '눈물의 왕'이
라고 한다면 기념관 뒤편 그의 묘역은 왕릉, 더 정확히는 누
릉(淚陵)이 된다. 왕릉을 지키는 이를 옛날에는 능참봉(종
구품)이라 불렀으니, 자기야말로 누릉의 능참봉이 아니냐

는 발상이다. '눈물의 왕'이라는 말이 자신을 낮추면서도 천박해지지는 않은 표현이듯이, 누릉의 능참봉 운운도 겸손하되 자부가 느껴지기로는 비슷하다. 지방 출신 시인으로서 '경화사족'에게 품었던 질시가 없지 않았음을 고백하는 대목조차 마음의 여유를 입증하는 것 같다. 그의 힘겨웠던 2010년대가 이제는 안정기에 접어든 것일까.

적임자인 듯 보이는 그이지만 이 일도 쉽지만은 않은 모양이다. "근방의 호족들 서리배들"로부터 고초를 겪었다고 하니 말이다. 전남 담양에서 나고 부산에서 대학을 다닌 시인이 경기도 화성시 동탄에서 능참봉 노릇을 하는 게 왜 쉽지 않은 일일 수밖에 없는지 답답한 노릇이지만 어디든 꼭 그런 텃세는 있는 것이다. 다행히 시인은 꿋꿋해 보인다. "눈물을 고배율 렌즈처럼 닦아 하늘을 보자꾸나"라고 적었으니까. 이 멋진 표현은 눈물 너머의 세상은 흐릿하게 보인다는 과학적 사실을 가볍게 무시하고 눈물이야말로 (노작 홍사용에 이어) 손택수에게도 일종의 세계관이 되고 있음을 선언한다.

그뿐이라네 나는 매 순간 마감에 쫓기며 살지
구름을 인터뷰하고 후박나무 잎사귀를 치는 빗소리와
막 귀향한 천 년 전의 바람으로 특집란을 꾸리지
계간도 월간도 주간도 일간도 다 순간으로 하지

잡지박물관에도 도서관 정기열람실에도 아직 입주하지
못했지만
　나는 또한 순간의 열렬한 독자, 순간을 정기 구독한다
는 건
　하루 중 아니 한 달 중 잠시라도 내 숨소리를 듣고 싶
기 때문이라네
—「순간의 발행인」 부분

　그가 누릉을 언제까지 지킬지 모르겠으나 설사 그만두더
라도 그에게는 영원한 직업이 하나 있다. "순간의 발행인"
이 그것이다. 순간을 발행한다는 이 발상은 시집의 끝머리
에서 읽는 이를 다시 한번 상쾌하게 만든다. 먼저 떠올리는
사람이 주인이 되는, 상상력의 경쾌한 영토 전쟁에서 이 시
인이 득의의 미소를 짓는 한 장면처럼 보여서다. '월간 윤
종신' '일간 이슬아'가 있듯이, '순간 손택수'가 있고, 더 정
확히는 '순간 손택수'만 있는 것이다. 발행인 하나만의 일인
회사니까, 여기서는 만신창이가 될 일도, 서리배들에게 고
초를 겪을 일도 없으리라.
　칼 샌드버그는 시를 두고 "해양 동물이 창공 비행을 꿈꾸
며 쓰는 육상 일기(the journal of a sea animal living on
land, wanting to fly the air)"라고 정의한 적이 있다. 나는
내가 쓰지도 않은 이 문장을 그에게 주고 싶다. 그의 시에
는 타고난 성품, 내던져진 현실, 추구하는 이상 사이에서 벌

어지는 고투가 끌어내는 아름다움이 있기 때문이다. 이력서를 뜻하는 프랑스어 'résumé'는 다시 시작한다는 뜻의 영어 'resume'과 한통속이다. 언제나 과거를 정리하는 일은 다시 시작하는 일이다. 시인 손택수도 이 책과 함께 다시 시작할 것이다. 그게 무엇이든, 그다운 방식으로.

손택수 1998년 한국일보 신춘문예로 등단했다. 시집으로 『호랑이 발자국』『목련 전차』『나무의 수사학』『떠도는 먼지들이 빛난다』『붉은빛이 여전합니까』가 있다.

문학동네시인선 180
어떤 슬픔은 함께할 수 없다
ⓒ 손택수 2022

1판 1쇄 2022년 10월 25일
1판 6쇄 2023년 11월 1일

지은이 | 손택수
책임편집 | 이재현
편집 | 김영수 강윤정
디자인 | 수류산방(樹流山房) 본문 디자인 | 최미영
저작권 | 박지영 형소진 최은진 서연주 오서영
마케팅 | 정민호 서지화 한민아 이민경 안남영 왕지경 황승현 김혜원 김하연
          김예진
브랜딩 | 함유지 함근아 고보미 박민재 김희숙 박다솔 조다현 정승민 배진성
제작 | 강신은 김동욱 이순호
제작처 | 영신사

펴낸곳 | (주)문학동네
펴낸이 | 김소영
출판등록 | 1993년 10월 22일 제2003-000045호
주소 | 10881 경기도 파주시 회동길 210
전자우편 | editor@munhak.com
대표전화 | 031) 955-8888 팩스 | 031) 955-8855
문의전화 | 031) 955-3576(마케팅), 031) 955-1920(편집)
문학동네카페 | http://cafe.naver.com/mhdn
인스타그램 | @munhakdongne 트위터 | @munhakdongne
북클럽문학동네 | http://bookclubmunhak.com

ISBN 978-89-546-8867-3 03810

www.munhak.com

문학동네